JN067567

マドンナメイト文庫

隣のお姉さんはエッチな家庭教師

新井 芳野

目次

contents

隣のお姉さんはエッチな家庭教師

第一章　三人のお姉さん先生

陽の傾きかけた春の夕暮れ、厳《いか》めしい校門の前で、少年の溜め息が聞こえてきた。

「はあ、またお母さんに叱られちゃうよお」

制服姿の少年は立ちすくんだまま、自身が通う学び舎《や》を振り返る。

荘厳な白亜の時計塔が印象的な校舎だが、どこか人間味を感じさせない冷たさがある。

もっともそう思うのは、少年が落ち込んでいるせいかもしれない。

「この前は、お父さんもしばらく口をきいてくれなかったし、今回もそうなのかな」

楽しげに会話しながら下校する級友たちを、羨ましそうに見ながら、項垂《うなだ》れた。

変声期さえ迎えていなさそうな子供が悩む姿は、見る人の哀愁を誘う。

苦悶する少年──黒木翔太《くろきしょうた》は、成績の悪化を両親に叱られるのが怖いのだ。

（どうしよう、今通っている学習塾も変えさせられるかも）

翔太が通うのは、明治期に創立された、伝統と格式ある私立の名門校だが、当然授業のレベルもそれに応じて高い。

周囲に期待され入学した進学校で、早くもついていけなくなっていた。

（そういえば、今日のテストの結果次第で、新しい家庭教師もつけるかもって言ってたな）

そのことを考えれば、沈痛な表情も、より暗くなってしまう。

「こんなことじゃいけないのに、僕……」

見るだに寂しげな印象の遊歩道を、肩を落とし、とぼとぼ歩いていく。

本来なら晴々とした春の空も、内面を映すように澱んで見えた。

「どうした少年、クヨクヨするのはキミらしくないぞ」

不意に沈み込む少年の背中に、よく通る澄んだ声がかけられる。

「え、誰ですか？」

慌てて振り向けば、ハッとするほどの長身の美女が、こちらを見つめ微笑んでいた。

年のころは二十代半ばぐらいだろうか、ボーイッシュなアッシュヘアに活動的なスタイルは、人気のアイドルタレントのようだった。

「ふふ、驚かせちゃったかな。キミがあんまり落ち込んでるから、つい、ね」

独り言を聞かれたのかと、一瞬、焦る。

あるいは子供を狙う犯罪かもと思ったが、少年を覗き込む白く整った美貌に、疑念など吹き飛んでしまう。

「あの、何のご用件でしょうか、あうう」

良家の子弟である翔太は、どんなときでも慇懃《いんぎん》に対応するのを忘れない。

しかし折り目正しい態度に、目前の美女は相好《そうごう》を崩し、頭を撫でてきた。

「ほほう、ご用件だなんて難しい言葉を知ってるな。偉いぞ、少年」

頭をナデナデしてくる名も知らぬ美女は、少年の頭の感触にご満悦なようだった。

「どちら様でしょうか、うう、もう撫でないでください」

五月とはいえ、まだ肌寒い日もあるなか、デニムのミニスカに生足といったファッションは、年頃の少年には眩しすぎた。

背丈が頭ひとつ分は高いせいか、屈《かが》むとシャツから覗く胸の谷間が丸見えである。

「おっと、いけないいけない。キミのおつむの感触があまりによくってね」

ようやく気づき離れてくれるが、クリクリと動く大きな黒い瞳は名残《なごり》惜しげだ。

(なんなんだろう、この人。いきなり話しかけてきて頭をナデナデして)

条件反射で逃れたが、若い女性に撫でられるのは、実は嫌いではない。

ミニスカ美女のほうも、いまだ翔太に興味津々《しんしん》といった面持ちである。

(馴れなれしいだけじゃなくて、格好もすごく大胆で、それにおっぱいも……)

レースのブラウスからチラつく膨らみは、かなりのサイズがありそうだった。

思わず見入ってしまいそうになるが、あわてて目を背ける。

厳しく躾けられた翔太からすれば、はしたない行為など、あってはならなかった。

「おかしいな、私に頭をナデナデされた子供はみんなご機嫌になるのだが、キミは違うようだな」

何やら不思議そうに呟くが、当然のことである。

だが初対面であっても、こんなナイスバディの美人に撫でられれば、誰でもご機嫌にはなりそうだ。

「それで、あなたはいったい誰なんですか、どうしてこんなことを?」

女性のペースに乗せられっぱなしの翔太は、頬を赤らめている。

先ほどまでの悲痛な表情は、もう微塵も感じられなかった。

「私かい? 私は、そうだな」

うーん、と唸る件《くだん》の女性は、話していいのかどうか考えているふうであった。

「これは言っていいのかな、でも美雪《みゆき》が怒りそうだからな」

思案顔を浮かべつつ、艶めいたチークの引かれた頬をさすっている。

なんのことはない仕草でも、男を惹きつける魅力があった。

次の瞬間、歩道脇に黒塗りの高級乗用車が停止する。

「おっと、あれは、もう来たのか。せっかちさんめ」

「あの車がどうかしたんですか？　あっ」

ハザードが合図のように点滅すると、女性は質問に答えず、いきなり翔太の頬にチュッとキスをしてきた。

「あのっ、いきなり何をっ」

出会っていきなり親しげに話しかけられ、キスまでされてしまった。

戸惑う翔太に色っぽくウインクしつつ、ドアを開け、中へ入り込む。

「ふふ、どうやら時間切れのようだ。名残惜しいが、なに少年、またすぐに会えるさ」

和《なご》やかに微笑むと、ドアが締まり、そのまま黒いリムジンは発進する。

「あ、待ってくださ……行っちゃった」

重厚なエンジン音を立て、黒いセダンは優雅に去ってゆく。

残された翔太は、一陣の風のような美女に翻弄され、ただ呆然としていた。

「何だったんだろう、あの人は」

まるで知らない人ではあったが、その奔放な行動に、完全に囚われていた。

「でも、すごく綺麗でいい匂いがして、それにおっぱいも……」

いまだキスの感触が残る頬を押さえながら、少年は車の去った方角を、いつまでも見やっていた。


「で、どうだったの、由梨音《ゆりね》。彼の様子は」

黒い大型リムジンの後部座席には、三人の女性が座っていた。

革張りの極上シートに腰掛け、スーツスタイルの美女が尋ねてくる。

「うーん、見ただけじゃよくわからないね、でもとってもかわいかったよ。我が二十六年の生涯でも一番かな」

少年と話していたボーイッシュ美女は、頭上で腕を組みながら、美巨乳を強調するように身体を伸ばす。

由梨音と呼ばれるその女性は、答えをはぐらかすと、悪戯《いたずら》っぽく笑う。

「あら、自分で確かめたいと言ったのはあなたのほうでしょ。これじゃ次の査定に響きそうね」

三人の中でも年長に見える女性は、黒髪ロングにタイトなスーツラインで、健康的な由梨音とは違った麗《うら》らかさがある。

切れ長の瞳に高めの鼻梁は、いかにも知的な美人秘書といった佇《たたず》まいだった。

「冗談だよ、美雪。礼儀正しくて頭の回転も速そうで、何で成績が悪いのか、よくわからなかったのさ」

長い睫毛に彩られた目を細めると、えもいわれぬ迫力がある。

翔太を煙《けむ》に巻いていた由梨音も、美雪という名の妙齢の美女には、肩をすくめ辟易《へきえき》する。

「そうね、私もそれが疑問だったわ。書類を見ただけでもこの成績はありえないわ」

立場的には他の二人より上位であろう美雪も、意見は同じだった。

どうやらこの三人の美女は、少年に対し含むところがあって接近したようだ。

「もう、由梨音ちゃんたら、いきなり飛び出して翔太さんに声かけするんだもの。驚いちゃったわ」

一方、美雪の脇に座っていた、亜麻《あま》色ロングヘアの美女は不満そうに声をあげる。

「見るだけって言ってたのに、それに、その、キスまでしちゃうなんて」

由梨音とは同年代に見えるが、頰を染め、ふて腐れた表情は、少女のように愛らしい。

「そう言わないでくれ、詩乃《しの》。キミはあの子と顔見知りだそうじゃないか。なら私のほうが適任だと思ったのさ」

特に悪びれもせず、由梨音は答える。

花柄ワンピースの清楚な女性は、詩乃という名前なのだろう。

緩いウェーブのかかった長い髪を、神経質そうに指でクルクル巻いている。

「翔太さん、かわいそう。知らない女の人に、いきなりキスされちゃうなんて」

ぷいっとそっぽを向く詩乃に、さすがに由梨音も困ってしまう。

「おやおや、詩乃ったら、羨ましいのかい。相手はまだほんの子供なのに」

ほんの戯《ざ》れ言《ごと》のつもりだったが、詩乃は頰をさらに赤らめる。

「そんなこと、翔太さんは私の幼なじみで、小さい頃から知っているだけよ」

あからさまに動揺する詩乃は、少年のことが好きです、と言っているのと同じことだった。

「そうなのか、詩乃がねえ。確かにかわいい子だったね、私もつまみ食いしたくなっちゃうな」

「何をいきなり、つまむだなんて、はしたないわ」

ムキになればなるほど、頬が赤くなる。

「ふふ、あの子は私たちより、ずいぶん年下だよねえ。ああいう素直で愛くるしい少年をコレクションに加えたいと思っていたのさ」

あのとき、キスした頬の感触は、由梨音の唇にも残っていた。

ふしだらだが、少年のことを思えば、なぜか胸が熱くなる。

「ダメよ、コレクションだなんて、そんなの、うう……」

悪ふざけが度を越えると、真面目な性格の詩乃は、とうとう涙目になってしまう。

「いや、冗談だってば、泣かないでおくれよ、詩乃」

両手で口元を覆い、瞳を潤ませれば、美女同士の内輪もめにも決着がつく。

由梨音も翔太のことは気になるが、詩乃も大切な仲間なのだ。

「相変わらず賑やかね。いちおう聞くけど、私たちの目的を忘れてないでしょうね」

両脇から姦《やかま》しい小鳥の囀《さえず》りを聞かされた美雪は、眉間を押さえつつ、確認をしてくる。

「中園《なかぞの》先輩、それはもちろんです。彼の力になってあげたいんです」

「当然だよ。私の頭にはもう翔ちゃんの学習プランが、ずっと先まで組まれているんだ」

「翔ちゃん」と、すでにただならぬ仲のような呼び方だが、二人の目つきは真剣だった。

「そうあってほしいわね。私たちチームの成績に、黒星をつけることがあってはならないものね、それに……」

二人が夢中になるのもわかる気がする、と言いかけて美雪は口を噤《つぐ》む。

自分も同じように、少年に惹かれていることに気づいたのか、口元を不敵に歪める。

「では参りましょうか。我らが麗しの君のもとへ」

チラと目配せをすれば、両脇の由梨音と詩乃はともに頷く。

運転手に黒木邸へ向かうことを指示すると、三人の横顔は愛しい人に出会えるかのような期待に満ちていた。

それからしばらくして、黒木家のリビングは喧噪《けんそう》に包まれていた。

「ええ、あなたたちは……」

キスの衝撃も覚めやらぬなか、自宅へ戻った翔太を、さらなる驚愕が襲っていた。

母からリビングで待つよう言われ、ソファに腰掛けていたところ、定刻どおりに現れた三人の美女に仰天する。

「ヤッホー、三十分ぶりだね、

「久しぶりね、翔太さん、元気にしていたかしら」

一人はついさっき、突然のキスを受けたボーイッシュ美女、そしてもう一人は幼い頃から知っている、詩乃お姉さんだったのだ。

「ふふ、初めまして、黒木翔太くん。これからもよろしくね」

三人の中で、もっとも長身の黒髪ロング美女は、慇懃に自己紹介をする。

同席している母から、新たな家庭教師として呼ばれた女性たちは、いずれも息を呑むような美しさだった。

「詩乃お姉ちゃん、何でここに？　お仕事はいいの？」

隣家のお姉さん、雨宮《あめみや》詩乃は大学を卒業後、有名学習塾に就職したはずだった。

「翔太さんが成績のことで悩んでるって聞いて、心配だったの。私たちに任せてもらえれば、もう大丈夫よ」

数人でチームを組んだ指導法で成績を上げ、二十五歳の若さで業界内から高い評価を得ていると聞いたことがあった。

「じゃあ、僕のために、ここへ来てくれたの？」

穏やかに微笑む詩乃は、コクリと頷《うなず》く。

上品なワンピースがよく似合うスレンダー美女（ただし巨乳）は、幼い頃に憧れた、優しいお姉さんのままだった。

「そういうコトさ、少年、いや翔ちゃん。私は向井《むかい》由梨音、今後ともよろしく」

「翔ちゃんって、あなたはさっきの……」

健康的な笑みが眩しい由梨音は、まるで十年来の友だちのように馴れなれしい。

もっとも美人にそう言われて、悪い気などしないが。

「ふふ、そのとおり。何を隠そう私の正体は、キミを成績不振から救う、最強の家庭教師なのさ」

「そうなんですか……」

臆面もなく、堂々とアピールされ、またもや呆気にとられる。

「おやめなさい、翔太くんが困っているでしょう」

見かねたリーダー格とおぼしき黒髪美女が、由梨音を制する。

高級そうなスーツに身を包んだクールビューティに、思わず目を奪われる。

「私は中園《なかぞの》美雪よ。お母様から紹介されたように、今日から私たち三人が、君の家庭教師として、みっちりしごいてあげる」

「はい、よろしくお願いします、中園先生」

詩乃の大学の三年先輩で二十八歳という話だが、二人とは違い、知的で洗練された物腰はいかにも有能そうだった。

母はこれで息子の成績上昇間違いなしと思っているのか、ニコニコと家庭教師たちに媚びを売っている。

(詩乃お姉ちゃんも、由梨音さんも美雪さんも綺麗で、こんな人たちとこれからいっしょに勉強するなんて信じられないや)

翔太もまた、胸の高鳴りが抑えられない。

それぞれに異なる美しさを持った教師たちに魅了され、頬が赤らむのを自覚する。

だが、赤くなるのは美貌のせいだけではない。

(ああ、先生たち、みんなおっぱい大きくて、刺激的すぎるよ)

派手やかなファッションの女性たちだが、それぞれが胸元の膨らみを強調する、大胆なデザインになっているのだ。

いずれ劣らぬ美巨乳は、思春期を迎えたばかりの少年にとって目の毒すぎた。

(ダメだよ、じろじろ見たら気づかれちゃう。でもやめられないよお)

少年の視線に気づいているのかいないのか、先生たちは微笑を浮かべたままである。

もっと見てと言わんばかりの悩殺的なポーズに、不躾と思いながら、目を逸らすことができない。

「それでね、聞いているかしら？　黒木翔太くん」

しかしいかに美しくとも、彼女たちは教師なのだ。

「はいっ、何でしょうか」

大事な予定をまるで聞いていない様子に、つい激しい口調になる。

ぼうっとしていた少年だったが、射貫くような鋭い瞳と言葉に正気へ戻る。

「もうっ、ちゃんと聞いてくれないと困るわ。私たちはお手伝いはするけど、最後は君の頑張りが重要なのよ」

早くも叱られてしまい、甘い妄想は一瞬で醒める。

「すみません」

素直に頭を下げると、しようがないわね、といった顔で話を続ける。

「まあいいわ。私は主に古典や現代文を、詩乃は英語を、そして由梨音は数学を担当するわ。細かい授業内容は日を改めて、いずれね」

「はい、わかりました」

テキパキと事務処理するのは、教師として優秀な証《あかし》なのだろう。

だが、これから山積みの課題を出されるかと思えば、少々気持ちは暗くなる。

「そう気落ちしないでくれたまえ、美雪はいつもこうなのさ」

翔太の胸の内などお見通しなのか、身を乗り出した由梨音が横に腰かける。

細く長い足を組み、悩ましげに身体を密着させてくる。

「私は彼女と違って優しいよ。なんなら夜通し、手取り足取り教えてあげようかい？」

「あの、由梨音さん、近すぎます」

エキゾチックな香水が、キスされたときの衝撃をまざまざと甦《よみがえ》らせる。

悪戯な笑みを浮かべる由梨音は、ふだんからこうですといわんばかりに、積極的だった。

「ふふ、そんなに畏《かしこ》まらなくてもいいんだよ。お互い知らぬ仲でもないんだし」

「ああ、息を吹きかけないでください」

初心《うぶ》な反応が楽しいのか、さらに美巨乳を押し当ててくる。

温かな膨らみと共に、何かが目覚めそうだった。

「翔太さん、教え方は私のほうが上手《じょうず》なのよ。由梨音ちゃんは私にフォローされてばかりなの」

反対側に腰かけた詩乃が、それに負けじと少年の腕を摑んで引き寄せる。

「ええ、お姉ちゃんまで」

ゆるふわなワンピースで身体のラインははっきりしないが、腕に当たる膨らみはFカップはありそうだ。

「お姉ちゃんに任せて。翔太さんのためなら、何でもしてあげたいの」

「詩乃お姉ちゃん、そんなふうに言われたら」

少年を見つめる瞳は先生というよりも、愛する人に向ける眼差しだった。

熱烈な好意を受け、翔太と詩乃は、いつしか視線を絡ませる。

「おや、張り合う気かい、詩乃。悪いが翔ちゃんは私に夢中のようだけど」

だが、そのまま二人の世界に没入するのを許す由梨音ではなかった。

再び腕を手繰り寄せ、渡すまいとしてくる。

「まあ、夢中だなんて。相変わらず思い込みが激しいのね、由梨音ちゃんは」

負けじと首に腕を回して、自分のものであること主張する。

ふだんは物静かで淑《しと》やかな詩乃お姉ちゃんの、新たな一面を見たような気分である。

「私のほうが一年先輩なことを忘れたのかい。ここは年上に譲るモノだよ」

「うふふ、年上なら、若者に道を譲ってはいかがですか？」

「あの、二人とも、そんなにむきにならないで……」

一人の少年を挟んで、先生たちは火花を散らす。

美女同士に取り合いをされ、悪い気はしないが、巨乳の競演による圧迫感はすさまじい。

「あなたたち、何か忘れてないでしょうね」

コホンッ、とひと際大きな咳払いが響き、気づいた由梨音たちはあわてて離れる。

「もちろんだよ、忘れるわけないじゃないか。やだなあ、美雪は」

切れ長の目が凄みを帯びれば、雷が落ちる前兆であることを知っているのだろう。

すばやく美雪の側に整列して、引きつった表情を浮かべている。

「ではそういうことで。これからよろしくね、黒木翔太くん」

そう言いつつ手を差し出され、握手をする。

白く柔らかい手を握ると、それだけで雷に打たれたような感覚に襲われる。

(ううっ、何だろう、この人。握手しただけなのに、こんなに痺れちゃうなんて)

子供ながらにデキる女のオーラを感じてしまうのだろう。

スーツ美女の、言い知れぬ迫力に慄《おのの》く。

(美雪さんって言ったっけ。なんだかちょっと苦手だなあ)

尊大さすら感じる、女性にしては高めの鼻梁に、気圧《けお》されずにはいられない。

(これからこんなすごい人たちと勉強をするんだ。僕、上手《うま》くやっていけるかな)

完璧な受け答えの会話を見れば、この家庭教師たちが優秀というのがよくわかる。

しかしどうにも、人を食った態度や言動が、少年の心を惑わせる。

「翔太くんは受け答えもはっきりしていて、いい生徒になってくれそうね。私も期待しているわ」

(美雪さんは、すごく大人っぽくて、スタイルがよくて)

ボディラインがくっきり見えるタイトなスーツを着こなすさまは、洗練された大人の女性そのものだった。

「あまり肩肘張らないでくれたまえ、翔ちゃん。私も堅苦しいのは苦手なのさ」

(由梨音さんは大胆で、賑やかで、おっぱいは美雪さんに負けていなくて)

ショートヘアに爆乳という、男の夢を具現化した美女は眩しすぎる。

当の由梨音は、気に入ったオモチャを見つけたように目を輝かせている。

「こうしてまた会えて嬉しいわ。ずっといっしょよ、翔太さん」

(詩乃お姉ちゃんは、相変わらず綺麗で優しいなあ)

淑やかで優しい詩乃お姉さんは、幼い頃からの憧れだった。

そんな人がずっと自分のそばにいてくれると思えば、胸が熱くなる。

「ふふ、これからたっぷりかわいがってあげるよ、翔ちゃん」

「頑張りましょう、翔太さん。お姉ちゃんがなんとかしてあげるね」

「私たちがいればもう大丈夫よ。翔太くんは安心して身を任せることね」

三者三様、それぞれに励ます姿は、どこか誘惑するふうでもあった。

神々《こうごう》しすぎる美しさと、有無を言わせぬ迫力に圧倒され、頷くことしかできない。

言い知れぬ不安を感じながらも、少年の胸は、これから起こることへの期待に高鳴っていた。

第二章　レッスンのご褒美はおっぱい

家庭教師のレッスン一日目――。

突然の邂逅《かいこう》と襲来に戸惑ったあのときから数日が過ぎていた。

今日は初めて、教師たちから指導を受ける日である。

「今日からお姉ちゃんたちといっしょに勉強をするんだ」

傾きかけた陽の光が差し込む自室で、制服姿のままベッドの上に転がっていた。

下校後大急ぎで帰宅し、逸《はや》る気持ちを抑えたまま、今や遅しと待っている。

見蕩れるほどの美貌の先生たちと、これから過ごすと思えば、頬もだらしなく下がる。

「確か今回は、詩乃お姉ちゃんが来るって、言ってたな」

フカフカのベッドでゴロゴロしつつ、幼少期の思い出に思いを馳せる。

隣家のお姉さんである詩乃からは、いつも弟のようにかわいがられてきた。

大学進学を機に一人暮らしを初めてから疎遠になったが、休みの日などには、よく遊んでもらっていた。

「お姉ちゃん、相変わらず、ううん、ますます綺麗になってたな」

久しぶりに会ったお姉さんは、淑《しと》やかな印象はそのままに、さらに美しさを増していた。

穏やかに微笑みかけくれた、あの麗しい笑顔が忘れられない。

(お姉ちゃんは覚えているかな、僕が昔、結婚したいって言ったことを)

少年にとっては初恋の人であり、そのときの言葉は鮮明に覚えている。

告白された詩乃お姉ちゃんは、幼子の戯れと聞き流していたが、翔太は本気だった。

そんな想い人と再び会えるのは、嬉しい反面、不安にもなる。

(ああ、でも勉強に身が入らなくなったらどうしよう)

あどけない顔に、不意に暗い影がよぎる。

何を隠そう、少年の成績低下も、詩乃に一因があるのだった。

(お姉ちゃんと最後にお風呂に入ったのは、もう三年も前か)

数年前、忙しい両親に代わってお姉ちゃんが面倒を見てくれたことがあった。

当時大学生で、一人住まいをしていた詩乃のマンションへ数日の間、泊まり込んだのだ。

(優しいだけじゃなくて、お料理も上手《うま》くて、すごく楽しかったな)

裕福な一家に生まれたものの、両親が仕事で留守がちな環境で育った翔太にすれば、詩乃は実の姉以上の存在である。

甲斐甲斐《かいがい》しく世話をしてくれる美女と過ごす時間は、夢のようなひとときだった。

「ご飯を食べて、いっぱい遊んで、そのあと、お風呂に入ったんだっけ」

中でもいちばん衝撃的だったのは、二人でいっしょに入ったお風呂だった。

(僕はいやだったのに、お姉ちゃんたら強引に誘うんだもん)

もう小学四年生になっていた少年からすれば、年上の女性といっしょにお風呂に入るのは、恥ずかしさしかなかった。

だが嫌がりながらも、身体を洗われていると、当然の如く美女の裸体に視線がゆく。

「はあ、お姉ちゃんの裸、綺麗だった……」

おとなしく洗われながら盗み見た、白く瑞々《みずみず》しい乳房が脳裏に浮かぶ。

血管が浮き出るほど透き通った肌に、ツンと上を向いた可憐なピンクの乳首はいやらしすぎた。

「おっぱい、すごく大きくて、たゆんて揺れてて」

あのとき感じた言い知れぬ昂《たかぶ》りは、いまだ胸にくすぶっている。

プルプル震える、百センチのFカップはあろうかという双丘が目に浮かび、ムクムクと股間が勃起しはじめる。

「ああっ、いけないよお、これからお姉ちゃんと勉強するのに」

ベッドに寝転がりながら煩悶していると、その夜、初めての勃起をしたことさえ、甘美な思い出になる。

「お姉ちゃんとベッドに入ったら、なんだか変な気持ちになったんだよなあ」

艶めいた寝間着姿の詩乃にいっしょに寝ようと誘われ、戸惑いはした。

しかし結局は翔太が折れ、ぬいぐるみのように豊満な胸に抱かれ、就寝したのだ。

「柔らかくて、いい匂いがして、そしたらおち×ちんがカチンカチンになって」

美女のいい香りと安らかな寝息が幼い官能を呼び覚まし、突如、痺れるような衝撃が全身に走る。

気づいたときには、無毛の幼いペニスは、ガチガチに勃起していたのだった。

「んんっ、あのときのおち×ちん、すごく気持ちよかった」

脳天に響く快感にうっとりしていると、膨れ上がった己《おのれ》の逸物に心底驚いた。

それが勃起と呼ばれる生理現象だと気づいたのは、しばらくしてからである。

「あれからだよお、おち×ちんがおかしくなったのは」

以来、肉欲に支配されると、淫らな妄想で勉強が手につかなくなる日もあった。

中学入学後も夜ごと悶々とし、成績が下降線を辿ったのも、すべては詩乃との思い出が原因なのだ。

「お姉ちゃんのことを考えると、身体が熱くなって、おち×ちんがどうにかなっちゃう」

厳格な家庭で育った反動からか、性に対する禁忌の念が高まるほど、快感も増してしまう。

こうなってしまえば、もはや最近覚えたばかりの自慰で、発散するしかなった。

「はあはあ、詩乃お姉ちゃぁあん」

手淫のとき、いつも頭に浮かべるのは、決まって詩乃の美しい裸体だった。

辛抱たまらず、パンツを脱ごうとした瞬間、インターホンのチャイムが鳴る。

「お姉ちゃん、来てくれたんだっ」

バタンと跳ね起き、即座に玄関へ迎えに出る。

すでにエントランスでは、母が先生と仲よく談笑していた。

だが、そこにいたのは詩乃ではなかった。

「ハロー、元気にしていたかな、少年」

レンガ調の広々とした玄関口で、由梨音は駆けつける少年を認め、穏やかに微笑む。

「ええっ、由梨音先生？」

本日の来訪は詩乃先生だと思っていたせいか、麗しげなボディラインを惜しげもなく晒す姿に驚く。

ミニスカスタイルは前回と同じだが、チェックのミニはさらに短く、扇情的であった。

「あの、詩乃お姉ちゃんは？」

辺りを見回しながら、おずおずと尋ねる。

もちろん詩乃の姿は見えないし、外で待っている気配もない。

「ああ、詩乃なら急用があってね。まあ今日はキミの学力を知るだけだし、本格的な学習は次からだから、私だけでも問題ないよ」

事もなげに答えるが、少年はあからさまに落胆していた。

ついさっきまで、詩乃を想って淫らな妄想に耽《ふけ》っていただけに、会えない苦痛は計り知れなかった。

「そうなんですか、お姉ちゃん、来ないんだ」

しょんぼりする少年を見ると、長い睫毛の下で、キラリと目が光る。

「おやおや、そんなに詩乃に会いたかったのかい？　先生、ちょっとショックだな」

両手で頬を覆い、わざとらしく落ち込むふうを装っている。

純真な少年は、美女が苦しむのを見て、悩みなどあっという間に消し飛ぶ。

「そうじゃないんです。詩乃お姉ちゃんは僕のお姉ちゃんで、由梨音先生は、あの」

しどろもどろに弁明するが、そんな態度も悪戯好きの由梨音にはたまらないらしい。

言葉尻を捕まえて、早速、食ってかかる。

「おや、詩乃はお姉ちゃんで、私は先生かい」

つい、かわいい男の子をいじめたくなってしまうのは、悪い癖である。

モデルのように淑やかな肢体をくねらせ、切なく訴える。

「ええ、でも先生は先生だし、お姉ちゃんはお姉ちゃんなんだよ」

出会って二回ほどでしかない先生に、いきなりお姉ちゃんと呼べるはずもなかった。

由梨音もそれはわかっているのか、ニヤニヤと楽しげに見つめている。

「ふふ、できれば私も由梨音お姉ちゃんと呼んでほしいんだけどね」

初心《うぶ》な少年は、大人の女性にからかわれることに慣れていない。

「うう、そんなこと言われても」

答えに窮するさまを見れば、さすがにかわいそうになったようだ。

「ごめんよ、ついキミがかわいくってね。さ、そろそろお部屋に行こうか」

屈《かが》み込み、少年へ優しげに語りかける由梨音は、他の二人の家庭教師たちと変わらず美しい。

健康的な肌色と潑剌《はつらつ》とした性格に励まされ、簡単に癒される。

「由梨音先生、はい、それじゃあ、こっちです」

詩乃に劣らぬナイスバディの美女といっしょにいるのだから、素直に頷《うなず》くのは当然だろう。

少々、現金な気もするが、翔太は満足げだった。

「ふーん、やっぱり仲がいいんだ。キミと詩乃は」

由梨音は不満というよりも、興味深げに観察している。

母にお辞儀をしつつ、翔太の肩を押しながら勉強部屋へ向かう。

「やっぱり詩乃にお熱なんだね。ふふ、これは落としがいがあるなあ」

聞こえないよう、ぼそっと小さな声で呟く。

「ん、何か言いましたか、由梨音先生」

邪《よこしま》な気配を察したのか、勘のいい翔太は聞き返してくる。

「いや、なんでもないよ。さあ、今日から楽しいお勉強会の始まりだ」

「うう、そんなこと言わないでください」

痛いところを突かれ、表情が暗くなる翔太を尻目に、由梨音は広い邸宅の中を歩いていく。

どちらがホストかわからないぐらい、堂々とした歩きっぷりだ。

「ほほう、ここが翔ちゃんのお部屋か、なかなか広くて綺麗で、いい佇《たたず》まいだねえ」

室内へ通され、いかにも資産家の屋敷らしい、重厚な内装に目を見張る。

高級住宅街に位置する黒木邸の子供部屋は、かなりの大きさだった。

南に面しているせいか昼下がりであっても、いまだ差し込む光は眩しい。

「待ってて、今お紅茶淹《い》れてくる」

温かみのあるベージュの壁材が印象的だが、子供部屋らしく大きめの学習机がかわいらしい。

実は家事も得意な翔太は、自慢の紅茶で歓迎してあげようというのだろう。

「それはあとでいいよ。それよりも、早くキミの学力を調べたいのでね」

やんわりと遠慮する由梨音は、バッグから教材を取り出し、以前から話していたカリキュラムを実行しようとする。

「ええ、もうなの？　もっと由梨音先生とお話ししたかったのに」

美人の先生を歓迎して上がっていたテンションが、一気に下がるような面持《おも》ちになる。

「翔ちゃん、ああ、かわいいなあ、もうっ」

あからさまに態度を変えるも、由梨音には子供らしい素直な反応に見えてしまう。

かわいさに胸がときめき、可憐な頬紅がさらに赤くなる。

眼前の小動物を愛でたい衝動に勝てず、つい頭をワシャワシャする。

「あうう、由梨音先生ったら、また」

初めて会ったときと同じ、母が幼子を愛でるような仕草である。

「はあ、やっぱりキミの頭はいいなあ。こうしているとすごく落ち着くよ」

頭を撫でるのがそうとうお気に召したのか、喜びに浸っている。

翔太も嫌ではないが、勉強を開始しようと言ったのは、由梨音のほうなのだ。

「あの、先生、今日は僕の学力を調べてくれるって言ってたはずじゃ、うう」

もっともな疑問に、由梨音は今ごろ気づく。

「おっと、そうだったね、ちゃんと覚えているなんて偉いぞ、少年」

頬を緩め、褒めてくるが、ナデナデする手は止めない。

「先生ったら、はあ」

細く柔らかな、手のひらの感触が心地よい。

指摘したのはいいが、翔太としても、そのままずっと撫でられていたかった。

しかしさすがに、このままではいけない。

「さ、気を取り直して始めようか。椅子に掛けてくれたまえ」

惜しみつつ離れると、由梨音も先生としての顔を取り戻していた。

白いブラウスにタイトミニがよく映える美女は、少年を指導することが嬉しそうだ。

「はい、先生」

優しく教えてくれる由梨音は、これまで会ったどんな先生たちよりも信頼できそうだった。

おとなしく席につき、指示に従う。

「なに、難しく考えなくていいんだよ。簡単なテストでキミの学力を調べたいんだ」

(由梨音先生、優しいな。ちょっと苦手かと思ったけど、ぜんぜん違うなあ)

初対面の衝撃から、由梨音先生は、もっと意地悪なところがあるかと思っていた。

だが二人きりで過ごせば、穏やかな性格で子供好きなことがよくわかる。

「でもいきなりだなんて、僕、自信ないなあ」

最初からテストを受けさせられることになり、さすがに戸惑う。

「ふふ、そう言わないで頑張ってほしいな。私としても、キミをもっとよく知りたいんだ」

サラサラのショートヘア美女にお願いされれば、それ以上、文句は言えない。

行儀よく机に向かい、何とか問題を解いてゆくと、由梨音も頼もしそうに見守っていた。

「そうだ、結果がよければ、この間みたいにキスしてあげようかな」

「ええっ、そんなこと」

キス、という言葉が出て、少年の心は急激に波打つ。

不意打ちゆえに鮮烈な思い出として、胸に焼きついた甘い接吻。

あのとき、頬に受けた唇の柔らかな感触が甦ってきそうだった。

(キス、由梨音先生のキス)

一度脳裏をよぎれば、官能的な記憶が電流のように全身を痺れさせる。

手が震え、目の前がピンク色に染まってしまう。

「おや、大丈夫かい、翔ちゃん。何やら震えているようだけど」

心配した由梨音がそばに寄ると、柔らかな膨らみが肩にあたる。

ムニュンと変形するたわわな隆起に、息が止まるほどのショックを受ける。

「はひっ、何でもありませんっ」

思わず上ずった声で答えるが、動揺は明らかだった。

ブラウス越しに感じる双丘は、百センチのGカップはあろうかという爆乳なのだ。

（ああ、ダメだよ、もっと集中しないと、でもおっぱいが当たってるよお）

おっぱいだけではない、ショートヘアと香水の甘い匂いが、理性を極限まで狂わせる。

そんな翔太の様子を心配する由梨音は、どこか勘づいたようにも見えた。

「できなかったら、無理はしなくてもいいんだよ。あくまでキミの学力を測るためのものなんだから」

そう言ってくれたものの、少年から離れようとはしない。

むしろさらに美巨乳を押しつけ、生温かい吐息を耳元に吹きかける。

「はい、先生……」

（はあ、くすぐったくて温かくて、もうダメ、おち×ちんが、ああっ）

こうなってしまえば、問題を解くどころではなかった。

頭の中は淫らな妄想で埋め尽くされ、もはや由梨音の甘い声しか耳に入らない。

いつの間にか、股間の逸物はギンギンに勃起していた。

「はーい、そこまで。さあ、答案を見せてもらおうか」

数分後、ようやく拷問とも極楽ともつかない時間が過ぎ、小テストが終了する。

余裕の笑みを浮かべた由梨音と対照的に、翔太は精も根も尽き果てていた。

「ふふ、出来はどうかな、ほほう」

ぐったりと机に沈みながら、答案を確認する由梨音を見上げている。

翔太にとって、もうテストの結果など、どうでもいいことだった。

「ふむ、これは、なんというか、すごいね」

解答をチェックしていた先生は、複雑な表情を浮かべている。

怒っているのか、呆れているのか、細く整えられた眉をひそめていた。

「うう、どうでしょうか、先生」

翔太は沈鬱な顔のまま、固唾を呑んで見守っている。

「前半はすごいよ。全問正解だ」

「ええ、じゃあ」

一瞬、表情は明るくなる。

しかし直後に、厳しい現実を突きつけられる。

「ただし、後半はぜんぜんダメだねえ。というか、そもそも文字にすらなっていない」

ペラリと答案を差し出されると、確かに毛虫が這うような字である。

とても同一人物が書いたとは思えない。

「どういうことなのかな、これは。最初は申し分のない出来だったのに」

まさか、先生のおっぱいでエッチな妄想をしていました、などと言えるはずもない。

思案を巡らせる先生の顔色を窺うことしかできなかった。

「ねえ、翔ちゃん」

ふと、気づいたように身を乗り出す。

「何でしょうかっ、ああ、先生、近すぎます」

先ほどよりさらに密着の度合いを増し、少年に問いかけてくる。

「キミは心当たりはあるのかい、なんでこんなになっちゃったのか」

「それは、あの、よくわからないです」

もちろん心当たりはある、というかありまくりである。

しかし真相を白状するわけにもいかず、口ごもるだけだった。

「そうか、本当にわからないのかい、おかしいなあ」

くすっと笑うと、しなやかな指で少年の喉をくすぐる。

「由梨音先生？　うう、くすぐったいです」

すべてを承知しているような深く黒い瞳に呑まれそうになる。

「やっぱり翔ちゃんの肌はスベスベしていて綺麗だねえ、まるで女の子みたいだ」

頭を撫でられるのも気持ちよかったが、首を擦られるのもまた絶妙だ。

年端もいかない少年を愛《め》でる癖があるのか、由梨音も満足そうである。

「はあ、先生の手が気持ちいいよお」

思わず猫のように、じゃれついてしまう。

完全に籠絡《ろうらく》された少年を見届け、由梨音は耳元で妖しく囁く。

「私にはわかっているんだよ、キミが動揺したわけを」

「どういうことですか」

白く通った鼻筋を自慢げにヒクンとさせ、名探偵よろしく解説してくれる。

「キミは本当は、家庭教師なんか必要ないくらい、優秀な子なんだ」

ナデナデする手が、徐々に下へ移動する。

そして制服のズボンの前が膨らんでいるのを見てほくそ笑む。

「でもエッチなことを考えると、勉強に身が入らなくなってしまう、そうだろう？」

図星を突かれ、驚愕する。

「ええっ、なんでそれを、あううっ」

手に取るように心の内を読まれ、再び問うより早く、股間に衝撃が走る。

さらりと伸ばした指が、ズボンの膨らみへ到達していたのだ。

そのまま、硬さを確かめるようにして、緩やかに撫でさする。

「おやおや、これは何かなあ、うふふ」

淫らな声を発する由梨音は、たまらない笑みを浮かべている。

しなやかな手が、ツンツンと焦らしながら、先端をつついてくる。

「あのっ、これは、違うんです、くううっ」

椅子の上で身を屈める翔太は、逃れようとするも、無駄な努力に終わった。

体格差からして、大人の由梨音先生にかなうはずもない。

「ふふ、何が違うんだい。キミがさっきから私の胸を見ていたことは、知っていたよ」

最初からとっくにバレていたのだろう。

鮮やかな紅をさした唇が、不敵に歪む。

「それは、ああっ、でも」

言葉にならない弁明をする少年は、瞳を潤ませ訴えている。

子犬のような仕草に、胸がキュンと高鳴るのを押さえられない。

「もう、おち×ちんをこんなにして、まだ中学生なのに、いけない子だねえ」

「ああ、やめてください、先生……」

匂い立つような色気を纏い、ブラウスから覗く豊乳で圧迫してくる。

真っ赤に惹かれたルージュ、甘い香水の匂い、Gカップのたわわな膨らみが、悦楽の園へ誘《いざな》うようだった。

「否定しなくていいんだよ。男の子がこんなふうになるのは、大人になった証《あかし》なんだから」

淫らなだけではない、慈愛に満ちた瞳は、少年の罪悪感を浄化してくれる。

「由梨音先生……」

いつしか傾きかけた陽の光が、長い影を部屋に落としていた。

絡みつく二つの影は、やがて一つに重なってゆく。

「ごめんなさい、先生。僕、エッチなことを考えると勉強が手につかなくなるんです」

目に涙を溜めると、たまらず母性の象徴へ顔を埋める。

「よしよし、泣かなくてもいいんだよ。つらかったろうね」

頭を撫でつつ慰められ、赤ちゃんのようにおっぱいにスリスリする。

胸の谷間でクスンと啜り泣く少年に、母性が刺激されるようだ。

「うん、でも誰にも相談できなかったんです」

「そうだろうねえ、でも大丈夫さ。先生がついているよ」

どこまでも優しい由梨音先生は、少年のすべてを包み込んでくれそうだった。

「でもこのままだとまたエッチなことを考えて、テストの結果が悪くなっちゃうねえ、どうしようか」

癒やしの笑顔ではあるが、瞳には言い知れぬ深い闇が広がっているように思えた。

「先生？」

怪訝《けげん》な顔つきで見上げるも、美女の考えに気づくことができなかった。

「ふふ、心配しないでくれたまえ。ここは全部、私に任せてもらえないかな」

掌中の珠《たま》を慈しむように、頬をナデナデされると、コクンと素直に頷く。

「いい子だね、翔ちゃんは。私の恋人にしちゃいたいくらいだよ」

恋人、という言葉にドキンとする。

「僕がそんな、でも由梨音先生は綺麗だし、大人の女性だし」

自分のような子供が成人の美女と付き合えるはずもないと思っていた。

だが綺麗と言われて、由梨音先生は本心から嬉しそうにしていた。

「そう思うかい？　でも人を好きになるのに、年齢なんて関係ないんだよ」

くいっと少年の顎を持ち上げ、汚れのない瞳で見つめてきた。

つい頬を赤らめ、目を背けようとするが、先生は許さなかった。

「あの、先生、僕」

「私に任せてほしいって言ったろう、さあ、身体の力を抜いて」

淡く引かれたアイシャドウが煌めくと、もう逃れられなかった。

意を決し、目を閉じる。

「いい子だね、キミみたいな素直でかわいい少年を見ると、なんだか私も……」

温かなぬくもりを感じた瞬間、艶やかなリップが幼い唇に重なる。

「んふ、んんん、ふむう」

「んんっ、先生っ」

初めてのキスは唐突だった。

二人だけの静まりかえった部屋に、少年と美女のくぐもった声が響く。

「んんう、どうだい、これが恋人同士のキスだよ」

「ちゅうう、はあ、由梨音先生……」

軽く舌を入れたせいか、二人の唇の間には、すっと糸が引いていた。

甘く痺れるような陶酔と共に、激しい衝動が湧き上がる。

「ああ、僕、由梨音先生とキスしちゃった」

目をとろんとさせ、かわいらしく訴える少年が、たまらなく愛おしいのかもしれない。

由梨音も自身が興奮していることを自覚しながら、再び唇を奪う。

「んう、また、んむうう」

「今度はもっとしてあげるね、んふう」

ぬめる舌が、エキスを吸い取るように絡みついてくる。

(はあ、これがキスなんだ、僕、大人になっちゃったよお)

生まれて初めての口づけに陶然とするが、無理もない。

お相手がアイドルタレントさながらの美女とあっては、年若い少年には刺激が強すぎた。

「歓んでくれたようで何よりだよ、でも」

さっきから、ズボンの前を痛いほど盛り上げている男性器が目に入ったのだろう。心の中で舌舐めずりをするように、撫でつけてくる。

「ううっ」

たまらず腰を引こうとするが、しなやかな手のひらは、どこまでも追ってくる。

「まだここは、満足してないみたいだね。さ、次はベッドに移ろうか」

淫らでいて、どこか先生としての威厳も感じさせる。

「でも、これ以上したら、お母さんが……」

「大丈夫、お母様はお出かけしたろう？　安心していいんだよ」

由梨音の囁《ささや》くとおり、母は午後から急用があって出かけていた。

もしかするとその時を狙っていたのかと思うが、快楽に負けた少年は、もう言うなりだった。

「キミを見ていると、私もどうにかなっちゃいそうだよ。キスだけじゃ満足できないぐらいにね」

軽くウインクすると、翔太を伴《ともな》ってベッドへ移動する。

上へ乗れば、ぽふんと音を立てるスプリングに目を輝かせる。

「はは、これはいい。このベッドはすごく上等だねえ」

子供のように跳ねる由梨音を見ると、緊張も緩む。

だがあらぬ方向へ弾めば、超ミニスカから純白のレースが見え、思わず恥じらう。

「さ、こっちへおいで」

不意に真顔へ戻り、ゾクリとする流し目を向けてくる。

「先生……」

夕暮れが落とした長い影は、いつしか絡み合う二人の姿を壁に映し出していた。

神聖な空間と化した二人きりの部屋で、淫靡なレッスンが開始される。

「まずはキミのすべてが見たいな」

好色な視線で、いまだ成長途中な少年の身体を舐め回している。

「ええ、ああっ、そんなこと」

翔太は拒否する暇もなく、ささっと制服を脱がされ、ブリーフ一枚だけの姿にされる。

「先生ったら、うう、恥ずかしいよお」

何やら、襲われる美少女になった気分である。

「ふふ、白くてスベスベしていて、私の見込んだとおり、女の子みたいな肌だね」

華奢な身体つきを晒す少年に、興奮を押さえられない様子だ。

ありえないほど盛り上がる股間にときめいているようだった。

「女の子なのに、おち×ちんはこんなに腫れて、どんなエッチなことを考えていたんだい」

趣味の延長とはいえ、まずは少年の悩みを解決してあげたいのだろう。

淫蕩で少し意地悪だが、由梨音の性根は先生のままだった。

「ずっと、こうなんです。勉強していると、急にエッチなことが頭に浮かんでおち×ちんがカチカチに」

心の底から信頼しているので、もはや隠すことなどなかった。

頼もしいお姉さん先生にならデリケートな問題も相談できる。

「エッチなのは悪いわけじゃないんだよ。ましてキミみたいに、年ごろの男の子ならね」

穏やかな笑みのまま、少年のすべてを肯定してくれる。

「むしろ溜め込んでしまう方が身体に毒さ。ちゃんとおち×ちんをシコシコしないとね」

「シコシコって、それは」

オナニー、と言いかけて口を噤む。

もちろん言葉は知っていたし、何より少年自身も精通を迎えてこの方、自慰のしない夜はなかった。

「ふふ、オナニーのことだよ、まだしたことはないかな？」

初心な少年に教えてあげるのが、嬉しそうな表情である。

当の翔太はもうすでに、手淫の虜になっているのだが。

「まだならしょうがない、私が教えてあげようかな」

黙っている姿に、指導意欲が芽生えたのか、いやらしい手つきで脱がそうとする。

「ではパンツも脱いじゃおうか。はーい、ご開帳」

何も怖がることはないと、パンツに手をかける。

「ああっ、先生」

期待を込めてブリーフを下ろすと、ブルンッ、とはち切れんばかりに漲《みなぎ》った怒張が飛び出してくる。

「キャッ、これが……」

思わずかわいい声をあげてしまうが、無理もない。

ビクビクと脈動するそれは、皮も剝けきり、先端は真っ赤に膨れ上がっている。

若牡の絶大な存在感に、今度は由梨音が絶句する番だった。

「これが、翔ちゃんの、はあ、すごいね、まだ子供なのにこんな……」

とても子供のものとは思えない、雄々しい剛直は、成人女性ですら圧倒するようだった。

少年の幼さからして、いまだ皮かむりの子供おち×ちんだと思っていたらしい。

「先生、僕のおち×ちん、どうなのかな」

つい夢中になっていたが、不安げな翔太の声に、由梨音もようやく我へ返る。

いくら信頼していても、目の前で全裸になっているのだ。

「ごめん、キミのおち×ちんがあまりにも立派だから、つい、ね」

頰が火照るのを実感しながら、生命力に溢れた肉茎から目が離せない。

陰毛も生えそろっていないのに、こわばりだけが肥大しているのは、バランスがとれていないように感じているようだ。

「おち×ちんはこんな立派なのに、身体は幼くて、それがキミの悩みの原因かもしれないね」

怒張の熱気に当てられながら、屹立する肉勃起にそっと触れる。

「くううっ」

手が触れただけなのに。まるで射精のような快感が襲う。

先生の細い指は、自分でしごいたときの感触より、何十倍も気持ちがよかった。

「ごめんね、感じさせすぎたかな」

官能に悶える少年の姿は、由梨音の心を強く揺さぶったのだろう。

「ひとつわかったよ。キミが勉強に身が入らないのは、このおち×ちんのせいだよ」

「僕のおち×ちんが、先生、どうしたらいいの、はううっ」

キュッとこわばりを握られ、たまらず呻《うめ》く。

「さっきも言ったように、溜まったものは出せばいいのさ。こうやってね」

「ああ、先生の手が僕のおち×ちんを、んん」

ベッドの上では、猛烈にいやらしい光景が展開されていた。

妙齢の女性が、年端もいかない少年の陰茎を妖艶な笑みで擦り立てているのだ。

「こうしてお手々でシコシコすれば、おち×ちんからミルクがたくさん出て、きっとエッチな気持ちも収まるはずだよ」

シュルシュルと慣れた手つきでこわばりをしごく。

「ううっ、先生っ、そんなにキツくしたら」

オナニーなど、比較にならないほどの快感が突き抜ける。

美女からの愛撫を受け、掌中の若牡はさらに体積を増そうとしていた。

「すごい、シコシコしたらもっとおち×ちんが大きくなって。こんなに逞しいおち×ちんは初めて」

いまだ成長途上の剛直に、由梨音も頬を紅潮させる。

生命力に溢れた牡のシンボルに、秘密の花弁からはしたない蜜が溢れてくる。

「あらあら、先っちょからエッチなお汁がこぼれてきたね。もう出ちゃいそうなのかな？」

先割れから聖なるエキスが噴き出し、指をべっとりと汚す。

ローションのようにぬらつく粘液をまとわりつかせ、さらにスナップを効かせる。

「先生っ、もうやめてください、これ以上は、はあ」

強い刺激につい呻いてしまうが、むしろ興奮は増すばかりだった。

「そうだね、私ももう、耐えられそうにないよ。早くキミと……」

ペロリと我慢汁を口に含みながら、うっとりした瞳で見下ろしてくる。

全裸の少年と戯れるには、さらにもう一歩、踏み出す必要があった。

「キミの裸を見せてもらったし、今度は私の番だね」

「ええ、由梨音先生？」

啞然とする翔太の前で大胆にも、ブラウスのボタンを外してゆく。

プチプチと一つ外れるごとに、ゴクリと唾を呑み込む音が部屋に響く。

やがてするりとブラウスが落ち、純白のレースブラが露《あらわ》になる。

「ふふ、どうかな、ホントはちょっと恥ずかしいんだぞ」

強がるが、少女のように頬を染めている。

奔放な言動と裏腹に、可憐な刺繍《ししゅう》が施されたブラジャーは、清楚な雰囲気を強調していた。

「はあ、すごく綺麗です」

呟くことしかできない少年に満足したのか、たゆんと揺れる美巨乳を持ち上げる。

片方だけでも一キロはありそうなGカップの爆乳は、男なら誰でも魅了されるだろう。

「褒めてくれて嬉しいよ。さ、私のおっぱい、キミの好きにしていいんだよ」

豊満すぎる乳房を見せつけ、誘惑してくる。

いかにも揉んでほしいと懇願する双丘に、翔太はフラフラと吸い寄せられる。

「由梨音先生、ああ、おっぱい」

翔太は意を決し、ふるふる揺れる豊乳にタッチする。

「アンッ」

震える手で摑まれ、背筋をピクンとしならせる。

指先が触れただけなのに、柔らかすぎるおっぱいはムニュリと変形する。

「これが先生のおっぱいなんだ、とっても柔らかい」

健康的な素肌に眩いブラは、神々《こうごう》しさすら感じさせる。

「喜んでくれたみたいだね。もっと近くで見てほしいな」

美乳に絶対の自信を持っているのか、余裕を持った笑みは崩さない。

蠱惑《こわく》的に歪める口元に、理性は一瞬で決壊しそうになる。

「はああ、おっぱい、あったかいよお」

間近で仰ぎ見る感動に打たれ、少年は膨らみの中へ顔を埋《うず》めていた。

「アンッ、こら、そこまでは許した覚えはないぞ。もう、しょうがないにゃあ」

赤児のように顔を押しつける仕草は、由梨音の母性を強く揺さぶるのだろう。

本来ならたしなめねばならない行為も、当然のこととして許してしまう。

「ふふ、男の子はおっぱいを見ると赤ちゃんに戻ってしまうねえ。かわいいんだから」

頭をナデナデされると、翔太がさらに母性の象徴へ甘えた。

そんな姿を見れば、もっと慰めてあげたくなるというものだ。

「ねえ、翔ちゃん」

ほっぺに手を添え、顔を上向かせた。

「おっぱい、そんなに好きかい。全部見せてあげてもいいんだよ」

「いいんですか、先生」

あどけない顔で確認する少年に、本当は今すぐにも見せてあげたいのだろうが、さすがに冷静な顔を作った。あくまで少年からの「お願い」という形にしたかったのだろう。

「キミは特別だからね、さ、こっちだよ」

皺ひとつない子供の手をとって、背中に回す。

「このホックをね、そう、上手《じょうず》だよ」

ぎこちない指を導いて、ブラのホックをプツンと外させる。

ふわりと純白の布が舞い、直後に圧倒的な官能の世界が現れる。

「これが、女の人のおっぱい、ああ……」

拘束を解かれ、プルルンとたわわな膨らみが眼前に展開される。

Gカップ美女のメロンほどもある双丘に、目は釘づけだった。

清らかな乳房を彩る桃色のニップルは、ツンと悩ましげに上を向いている。

「うふふ、これが見たかったんだろう。エッチなんだから」

頬を染めつつからかうが、肝心の翔太は眩しすぎる光景に呆然としていた。

純情な反応にときめくと、おっぱいに手を添え、顔面へ押しつけてくる。

「ほら、もっと甘えておくれ。男の子に見せるのは、キミが初めてなんだ」

「僕が初めてって、そんな」

お許しが出れば、しっとり吸いつくきめ細かい肌へ頬ずりしたい。

柔らかな感触だけでなく、鼻腔いっぱいに広がる甘い匂いを思う存分吸い込んだ。

「んん、そんなに擦っちゃイヤ」

大きさに似合わぬ感じやすいおっぱいは、憎からず思う少年に触られ、さらに感度を増したようだ。

可憐なピンクの乳頭はピクピクと、いやらしくしこり立つ。

「ああ、このピンクの先っちょ、すごくエッチだよお、はむっ」

目前で体積を増す甘乳首に興味をそそられ、夢中で吸いつく。

「はあんっ、そこはあ」

敏感なポイントをいきなり生温かい口中に含まれ、あだっぽい声をあげてしまう。

「はあはあ、おっぱい、甘くて美味しいよお、ちゅうう」

「アンッ、そんなこと言っちゃダメ。翔ちゃんのエッチぃ」

幼い少年に吸われ、はしたなくも甲高い声を出してしまう。

相手が年端もいかない少年と思うだけで、由梨音の快感は何倍にも高まるようだ。

「んん、おっぱいチュウチュウしたら、ピクンて硬くなってるよ」

翔太は口に含んだ甘い感触を堪能しつつ、舌でねっとりと転がす。

吸ったり突いたりと、年齢にそぐわぬ技巧で責め立てると、切ない吐息が部屋いっぱいに充満する。

「もう、翔ちゃんたら、まだ子供なのにいやらしい、ああ、もっとチュウチュウしてえ」

先ほどまでお姉さん先生として翔太をリードしていたが、早くもその関係は崩れつつあった。

背筋をゾクリとする官能が貫いたのか、頭を掻き抱き、もっとしてほしいとおねだりする。

「んちゅうう、そんなにギュってされたら、先生」

顔面を包む肉感に窒息しそうになるが、それでも甘乳首の吸い立ては止めない。

男なら誰もが夢見る、美巨乳の海ならば、溺れても後悔はなかった。

「翔ちゃん、なんだか私も変だよ。キミにおっぱいチュッチュされて、どうにかなりそう」

瞳を潤ませ快感を求める先生を見ていると、男としての自信が湧いてくる。

「由梨音先生、そんなに感じるなんて、綺麗すぎるよお」

長い睫毛を震わせる美女に、肉欲を覚えたばかりの陰茎も限界に近づいていた。

ビクンビクン腫れ上がった逸物は、今すぐにも射精したいと少年を急かす。

（ああっ、おち×ちんがっ、おち×ちんが、もうダメだよ）

「翔ちゃん？」

少年の泣き出しそうな顔に気づくと、射精目前の怒張が目に入る。

「そうか、どうやらここはもう我慢できないみたいだね、私がなんとかしてあげるよ」

このまま愛撫を受けつづけるのもいいが、先生として教え子をなんとかしてやりたいと思ったのだろう。

マグマのような熱量を発する肉棒に顔を近づける。

「はあ、先っちょからまたお汁がいっぱい、んん、すごい匂い」

生命力漲る若勃起を握ると、火傷《やけど》しそうなほどのエネルギーにうっとりする。

性に悩む少年を慰めるつもりが、自身も雄々しい剛直に魅入られていることに気づいたようだった。

「先生、そんなにされたら」

困った顔の少年を見て、ゾクリと胸がざわめいているようだった。

じっくり観察され、さすがに気恥ずかしいのだろう。

「ふふ、じっとしてるんだよ、今、おち×ちんを鎮めてあげるから、んん、ふむう」

真っ赤なルージュから、ピンクの舌が覗いた直後、灼熱の怒張へ絡みつく。

「あああっ、先生、お口があっ」

ぬめる舌先が、腫れ上がった先端を刺激していた。

チロチロとくすぐったい感触に、細い腰をブルブルさせる。

「ううっ、僕のおち×ちんが、先生にお口でチュッチュされてるよお」

ふだんは奔放な由梨音先生が、欲望の象徴を口唇愛撫するなど信じられないことだった。

卑猥に舌先をすぼめ、筒先からカリ首までしごいている。

「ふむう、んん、気に入ってくれたようだね、じゃあ次は、お口でキミのすべてを愛してあげる」

本番はこれからとばかりに、生温かいお口ですっぽりと、こわばりを咥え込む。

「あうっ、おち×ちんがもうダメえ」

軟体動物のような舌で、愛撫されるだけでも感じていたのに、口腔全体でしゃぶられたらたまらない。

「んふ、んんう、はあ、これがキミのおち×ちん、なんて熱いんだろう」

口中を満たす若牡の存在感に、改めて驚いていた。

子供のものとは思えぬ逞しさに、目を細めながら、首を懸命に動かした。

「はあはあ、そんなにチュウチュウされたら、もう……」

あまりの刺激に膝立ちの姿勢を維持できず、シーツへ倒れ込む。

「アン、動いちゃダメ。いっぱいジュボジュボしてあげたいのに」

子供用ベッドとはいえ、二人が乗ってもまだ余裕のある造りだ。

大の字になって寝そべると、雄々しくそそり立つ太幹に淫らなご奉仕が続けられる。

「んっんっんっ、どうかな？　先生のフェラチオは。キミに感じてほしくて頑張っているんだよ」

上目遣いで献身的におしゃぶりされ、牡の性感はいやが上にも増す。

フェラどころかキスすら初めての少年からすれば、限りない感謝の念が湧くのも当然だった。

「ああ、先生、おち×ちんがダメだよう、僕、もう出ちゃいそうだよお」

とっくに昂《たかぶ》っていた男根は、愛情のこもったご奉仕で、あっという間に臨界に達してしまう。

弱々しい声に、由梨音の胸はこれ以上ない幸福感で満たされたのかもしれない。

「ああ、出してくれるんだね。私も早くこのおち×ちんが、ピュッピュするところ見たいよ」

華奢な身体つきの少年が、全身を震わせ快楽を訴える姿は感動的ですらあった。

搾り立ての若々しい精を受けられると思えば、おしゃぶりの速度も上がる。

「ああっ、またそんなに激しくうっ」

エキスをすべて吸い取るバキュームフェラは少年には強烈すぎた。

腰を浮かし気味にして、最後の時を迎えようとしていた。

「早くちょうだい、キミのおち×ちんミルク、ゴックンしたいよ、んふ、ちゅうう」

口中に含んだこわばりを舌で舐めしゃぶりながら、ブラシのように擦り立てる。

「くうっ、先生っ」

クチュクチュと卑猥な音を立てるご奉仕フェラには、一途《いちず》な愛情がこもっていた。

とどめにキュッと軽くお口で締めつけられると、童貞少年の肉棒はついに決壊する。

「はああっ、出ちゃうう、先生っ、由梨音先生っ」

オナニーなど比較にならない官能が下腹部から湧き上がり、少年はすべての意識を解放していた。

絶叫と共に、びゅるんびゅるんと音を立て、精の脈動が迸《ほとばし》る。

「あああんっ、翔ちゃんの先っちょからミルクがいっぱいい、んん、ドクンドクンてすごい」

放たれる大量の精は、爛《ただ》れた営みを祝福するように噴き上がる。

由梨音は顔面にかかるのも厭《いと》わず、神聖な牡の射精をずっと仰ぎ見ていた。

「んんっ、こんなにいっぱい出るなんて、やっぱり若いからだね。素敵」

ご自慢のさらさらショートヘアを精で汚されても、意に介してはいないようだった。

少年を絶頂へ導いてあげられた歓びのほうが、強いのだろう。

「はあはあ、先生……」

吐精後の倦怠感に酔いつつも、美貌を精で汚された先生から目が離せない。

「ふふふ、満足してくれたかな。これで少しは勉強に身が入るといいんだけど」

真面目な家庭教師の顔を作ってはいるが、白濁液まみれでは、猥褻さしか感じられなかった。

美味しそうに口元の精液をペロリと舌で舐め取るのも劣情を誘う。

「ああ、そんなことしたら、また」

萎えかけていた淫棒は、なまめかしい表情を前に再びムクムクッと漲る。

「おや、またピコン、て硬くなっちゃったね。一回ぐらいじゃ満足できないのかな」

若牡の際限ない絶倫ぶりに、困ったそぶりを見せつつ、先っちょを指でツンツンと弄《いじ》くる。

「はあ、なんだか、僕……」

穏やかな微笑を湛えた先生は、牡の欲望をすべてをかなえてくれそうだった。

「あら、どうしたの？　翔ちゃん」

少年の心を察しているのか、まるで襲ってくださいといわんばかりに無防備である。

「ああっ、先生っ、僕もうっ」

可憐な長い睫毛がいやらしく揺らめくと、もう我慢できなかった。

牡の本能に突き動かされた翔太は、美女の細い肩を摑んで押し倒してしまう。

「キャンッ、翔ちゃん」

悲鳴をあげるが、その声音《こわね》は、どこか期待するふうでもある。

ポフンとシーツの上に倒され、豊満な肢体を晒す。

「もう、いけない子だな、翔ちゃんは。授業初日でいきなり先生を襲うなんて」

男に上からのしかかられても、悪戯な表情はそのままだ。

寝そべっていても美巨乳は型崩れもなく、ツンと上を向いている。

「あの、僕、その」

欲望に押し流され、大変なことをしてしまったと思う。

だが由梨音は優しく手をとって、豊満な胸乳へ宛《あて》がう。

「先生？　ああ」

「キミに襲ってもらえて嬉しいよ。やっぱり最後は、男の子に上になってほしいから」

透き通る眼差しは、少年への深い愛情に満ちていた。

こうなることを最初から望んでいたのか、時が経つのも忘れて見つめ合う。

「好きだよ、翔ちゃん」

「由梨音先生……」

さすがに十歳以上も若い少年への告白は恥ずかしいのか、少女のように頰を染めている。

ふだんの冗談めかした言動とは違う、偽りのない本心なのだろう。

「僕も大好き、んん、んちゅうう」

ずっと年上の美女から受ける愛の言葉は、幼い胸を幸福感で満たす。

気づけば、再び唇を重ねていた。

今度は、少年のほうから奪うかたちで……。

「あん、またキスかい、んむうう」

クチュクチュと舌を擦りつけ、少年と美女はベッドの上で愛欲を貪《むさぼ》る。

夕暮れの子供部屋は禁断の密室と化し、愛し合う二人の淫らな吐息が満ちてゆく。

「ああ、お願い、まずはスカートから脱がせて」

もぞもぞと腰を浮かし、すべてを見てほしいと願っているようだった。

「はい、先生」

由梨音の想いに応えるべく、鮮やかなチェックのミニスカートに手をかける。

脱がし方などわかるはずもないが、優しく手をとって教えてくれる。

スカートが白い太股を抜けてゆくさまは、興奮をさらに盛り上げる。

「先生、とっても綺麗だよお」

ショーツ一枚だけの艶やかな女体を、惜しげもなく披露してくれる。

熟れた豊乳と見事にくびれたウエストラインは、女神像のような美しさだった。

「翔ちゃんに褒められて嬉しいよ、あ、こら、そこは」

微笑みを行為の了承と思って太股に手をかけ、翔太は女体の神秘を堪能しようとする。

「ああん、もう、とってもエッチなんだから」

身体を滑り込ませ、脚を拡げれば、ブラと同色の麗しいショーツが確認できた。

レースが編み込まれた、いかにも高級そうなショーツは、活動的な由梨音とは違う一面を見せてくれる。

「これが女の人のショーツなんだ、もう濡れてるよお」

フェラやペッティングのおかげか、昂った肢体は淫靡な蜜を滴らせている。

すでにショーツの中心には、くっきりといやらしい縦スジが浮かんでいた。

「こら、そんなにまじまじと見ちゃダメ、はあんっ」

無遠慮な子供の指が敏感な女の園へ当たると、ついかわいい声で啼《な》いてしまう。

「はあ、クチュクチュしてて、いやらしい」

「アンッ、そんなにしちゃ、んん」

クリクリと悦楽の核心を刺激すれば、嬌声はいちだんと高くなる。

ショーツのシミは広がり、さらなる官能を求め、腰を指に押し当ててくる。

「翔ちゃん、なんだか変だよ、キミにクリクリされて、身体が熱くって、ああ、もっとしてぇ」

初めて会ったときから、由梨音先生は少年をからかうことが多かった。

いつも年上の余裕で、おもちゃのように弄《もてあそ》ばれてきた。

そんな大人の女性を組み敷いて、思うがまま責める歓びは、何物にも代えがたいものだった。

「由梨音先生、ああ、女の人ってこんなにエッチになるものなんだ」

艶めいた声を出し、切なげな表情を浮かべる姿に、牡の欲望を掻き立てられる。

最前に放出したばかりだが、若牡はもう吐精寸前でパンパンだった。

「ふう、満足してくれたかな。さあ、次はショーツも」

存分に女体の神秘を堪能すれば、由梨音は最後の一枚も脱がすように懇請してくる。

「いいの？　先生」

子供の自分に、すべてを見せようとしてくれる女神は、コクンと頷《うなず》く。

「そう、最後はキミの手でしてほしいんだ。そして、その立派なおち×ちんでキミのものに、ね……」

白く整った美貌を官能に染めつつ、少年の所有物になることを望んでいる。

さっきまで見せていた先生の威厳も、どこかへ消えていた。

「そんな、先生が僕と、ひとつに」

幼い自分にとってセックスなど、遠い世界の出来事だと思っていた。

しかし目の前で慈愛の笑みを浮かべ、結合を求めてくる美女に覚悟を決める。

「うん、脱がすよ」

思いを定めれば、もう迷うことはない。

見事にくびれたウエストへ手を回し、最後の秘密を剝ぎ取ろうとする。

「早くして、そう、そこに指をかけてね、ああっ」

緊張からかプルプルする指をなだめつつ、ようやく純白のショーツを引き抜く。

するりと音を立て、麗しい脚線美からショーツを引き抜く行為は、感動的ですらあった。

「これが先生のすべて……」

薄絹が床に落ちた瞬間、神々しいほどに美麗な、一糸まとわぬ肢体が現れる。

「よくできたね、偉いぞ、って、ああんっ、いきなり拡げちゃダメ」

童貞の少年にこれ以上の我慢などできるはずもない。

一刻も早く、女の本質というべき、悦楽の花園を露にしたかった。

「先生っ、早く先生のおま×こが見たいよお」

「しょうがないなあ」

少々強引だが、獣欲に憑かれた牡の逞しさは、むしろ頼もしさすら覚える。

足首を摑まれ、はしたなくも男の前で美脚を拡げた。

「おま×こ、おま×こっ」

「あん、焦っちゃダメだよ」

勇んでお股の間へ飛び込めば、一瞬、視界が霞《かす》むほどの衝撃が襲う。

「はああっ、これが、ああ……」

あまりの絶景に、二の句も継げず、押し黙る。

「ああ、何これ、すごく、綺麗だよお」

思えば詩乃の部屋にお泊まりしたときも、秘密の園を見ることまではなかった。

まして良家に育った少年は、それらの情報に接することは厳しく戒《いまし》められていた。

「綺麗なのにいやらしくて、それにヒクヒクしてる」

「んん、じろじろ見られたら、さすがに恥ずかしいな」

呼吸に合わせ蠢《うごめ》く秘密の割れ目は、たとえようもなくいやらしい。

申し訳程度に生えそろった草むらは、放埒《ほうらつ》な由梨音にそぐわぬ可憐さだった。

「お股の割れ目からエッチな蜜が零れてるよ、何これ」

もっと観察すべく近づければ、しっとりと恥蜜を滴らせているのが確認できる。

「やあん、そんなこと言っちゃダメえ」

淫らな実況に頬は火照り、少女のように顔を隠してしまう。

幼い子供に押し倒されるというのは、由梨音にとって想像以上の羞恥だったのだろう。

「はあはあ、ここに僕のおち×ちんが入るんだ」

「そうだよ、キミの太くて硬いおち×ちんがそこに、ひゃんっ、息を吹きかけないでえ」

敏感すぎる陰核に熱い息を受け、ピクンと身体をしならせる。

大切な場所を見られ戸惑っていると、さらなる衝撃に見舞われる。

「もっともっと先生のことが知りたいよ、んちゅうう」

この世でもっとも尊い存在に、限りない感謝の念が湧くのは当然である。

いつしか少年は、目前に開陳された女の園へ口づけを捧げていた。

「きゃああんっ、舌でなんてえ」

激しい官能が貫いたのか、細腰をさらに強くしならせる。

チュウチュウと淫らな音を立て、厚ぼったい舌が楚々《そそ》とした桃色の秘唇に吸いついている。

「ダメだよ、翔ちゃん。そんなところをペロペロしたら、あああん」

口ではダメと言っても、自身も少年の若勃起を咥えていたことを思えば、止めることができない。

「んちゅうう、先生の蜜、ペロペロしても溢れてくるよお」

技術も何もない稚拙《ちせつ》なクンニだが、その幼さが、少年を愛する由梨音とって、至上の快楽を与えてくれるのかもしれない。

「そんなふうに言われたら、恥ずかしい、はうんっ」

鋭い官能が電流のように幾重も突き抜け、白い女体はベッドの上で跳ねていた。

よく実った乳房をくねらせ、少年の確かな愛情だけを感じている。

「先生、いっぱい感じてくれてる、僕のペロペロが気持ちいいんだね」

女性が官能に溺れる姿を初めて見る少年にとって、由梨音の痴態はそれだけで嬉しいことだった。

思わず問いかけるが、はっとした顔を浮かべた先生に、頰を軽くつねられる。

「あううっ、先生、なんで？」

「もうっ、まだ中学生のくせにエッチすぎだぞ。大人に向かって感じているの？　なんて聞くのは、十年早いんだから」

本当は口唇愛撫だけでも達しそうだったが、成人女性としてのプライドからそれは言えないのかもしれない。

「ごめんなさい……」

もっとも痛みなどはなく、ただ少年と会話を楽しみたいだけのようだ。

「わかればよろしい」

しおらしい態度に、満足そうな笑みを浮かべれば、再び熱く向かい合う。

「ねえ、翔ちゃん、そろそろいいんじゃないかな。おち×ちんももう我慢できないだろう」

下腹から伸びた逸物が、先走りを迸らせるのを見れば、二度目の最後が近いのは明らかだった。

やんわりと手を伸ばし、雄々しくそそり立つこわばりをキュッと掴む。

「はうっ、おち×ちん、ギュッてしないで」

「ああ、さっきよりも大きくなってる。すごいね」

幼い身にそぐわぬ、太さと硬さを備えた逸物に、惚れぼれとする。

互いに情感を高め、愛しい想いが募れば、あとはただひとつに結ばれるだけだった。

「先生、僕、おち×ちんを入れたい」

純真な瞳で交合を求める教え子に、先生として最後の役目を果たすときが来たのだ。

「ふふ、私もだよ。キミとひとつになりたい。さあ、こっちへ」

「はい……」

膨れ上がったこわばりを握り締め、淫らな囁きのまま、ひとつに重なる。

蜜でぐっしょり濡れた秘割れへ、若さではち切れんばかりの分身を宛がってゆく。

「ここだよ、わかるかい、んんっ、そう、そこにおち×ちんを、ああっ」

過敏な粘膜に怒張の熱を受けた瞬間、昂った声を出してしまった。

「ああ、すごくあったかいよお、先生のおま×こ」

まだ入れてもいないのに、表面をなぞるだけでも極上の快感だった。

お口のご奉仕で一度出していなけた、すぐに果てていただろう。

先端でクチュクチュ入り口を小突けば、由梨音もうっとりとした顔になる。

「こうやって、男の子が上になるのが正常位だよ。女の子はこの体位が大好きなんだ、覚えておいてね」

首に腕を回し、少女のように微笑んで、解説してくれる。

相手が子供でも、最後は男に征服されるかたちで迎えたいのは、乙女心ゆえだろう。

「くううっ、先っちょがズブズブって、入っちゃううう」

蜜のぬめりからか、すでに怒張の先端はわずかだが、埋没している。

「アンッ、硬いのがヌプヌプって、ほんとに元気なおち×ちん」

浅めの結合であっても、先生は恍惚としている。

だが、ぎこちない童貞少年の腰つきでは、いまだ本格的な交わりには至らない。

「先生、そんな声出されたら、もう……」

あまり激しくすると出ちゃう、と言いかけて口ごもる。

挿入前に早漏らしをしては、男として面目も立たない。

「大丈夫だよ、このまま腰を前に出すだけで、キミは『男』になれるんだ」

初体験の重圧から躊躇する少年の頰をナデナデしてくれる。

「由梨音先生……」

「翔ちゃん、好きだよ……」

どこまでも優しい先生は、自信を持ってと励ましてくれる。

最初ははかどらない勉強の応援のため、しかし今はかけがえのない存在として、契《ちぎ》りを結びたかった。

「ああっ、早く来て、翔ちゃあん、先生を今すぐキミのものにしてえ」

もう先生でも、頼れる年上のお姉さんでもなかった。

一人の女として、愛する少年との一体化を望み、あられもない声をあげる。

「先生っ、入れるよ、おち×ちんを入れちゃうからねっ、はああっ」

美女の痛切な懇願に応えるべく、万感の思いを込めて腰を突き出す。

直後、ズニュンッとありえないほどいやらしい音を立て、欲棒が肉壺を貫き通す。

「アンッ、アアアンッ、熱くて硬いのが入ってきたのお、あああっ、おち×ちん、すごくおっきいい……」

「ううぅっ、これが先生のおま×こっ、何これ、こんなの初めてえ」

爛れた愛欲が支配する密室に、教師と教え子の嬌声が響く。

カーテンの隙間から穏やかな陽光が差し込み、ひとつになった二人を祝福していた。

「はああ、熱くて硬くて、これが男の子のおち×ちんなんだね、素敵……」

ついに訪れた少年とのセックスが、ここまでの歓びを与えてくれるとは思っていなかった。

「おち×ちんがこんなにすごいだなんて、んん、立派だよ、翔ちゃん」

肌を薔薇色に染め、全身を覆し多幸感に酔いしれていた。

「先生っ、僕も気持ちいい、ああ、おち×ちんが溶けちゃいそうだよお」

翔太もまた、複雑に蠢く肉襞に剛直を包まれ、嘆息している。

ついに童貞を喪失したという感動と、美女の花園を征服した歓びが、幼い胸に渦巻いていた。

「ふふ、溶けちゃったら大変だねえ。私の膣内をこんなにも逞しく拡げているのに、まだお子様なのかな」

極太の怒張に貫かれながらも、男心をくすぐる笑みはそのままである。

不敵に歪む口元にゾクリとして、危うく漏らしそうになってしまう。

「おめでとう、これでキミも童貞を卒業できたね。エラいエラい」

同時に、たおやかな先生の表情で、少年の初体験を祝福してもくれる。

二面性を持った由梨音先生の魅力に、幼い翔太は完全に翻弄されていた。

「先生、僕、おち×ちんがもう」

キュウキュウ締めつける未体験の感覚に、欲棒は今にも暴発しそうだ。

「うん、わかっているよ。男の子はいっぱいドピュドピュしないと、気が済まないよね」

男の生理を知り尽くしているあたりは、やはり先生である。

少年の頬を両手で包み、本格的に愛し合うべく、耳朶を噛むように囁いた。

「さあ、動いてごらん、初めはゆっくり、ね」

漆黒の瞳が艶を帯びているのは、由梨音も望んでいるからなのだろう。

「はい、ああっ、おま×こがグチュグチュって、おち×ちんが吸い取られちゃう」

「アアンッ、動いてとは言ったけど、いきなり早すぎよお」

ぎこちなく腰を前後すれば、鳴動する柔膣にエキスをすべて奪われそうになる。

まるで悪戯な由梨音を体現するかのような蠢きに、若牡は翻弄されるだけだった。

「はあはあ、いいよお、先生のおま×こ、すごく気持ちいいよお」

覚えたばかりのピストンで、必死に蜜襞を穿《うが》ってゆけば、ジュブジュブと卑猥な水音が溢れてくる。

「そんなにかわいい顔をしちゃって、先生のおま×こ、気に入ってくれたんだね、嬉しいよ」

顔をとろんとさせ、懸命に腰を使う少年に、たまらなく愛しさがこみ上げる。

「うん、僕、頑張るよお、先生にいっぱい気持ちよくなってほしい」

「翔ちゃん……」

汚れのない瞳で結合の歓びを語る少年に、胸がキュンと高鳴る。子供と交わる罪深さに慄《おのの》くも、もうあと戻りはできない。

「んんっ、いいよ、少年。その調子でもっと突いてぇ」

若く活力に満ちたピストンを受け、美しい顔を卑猥に歪ませる。

脚を腰に絡め、さらなる突き込みを求めた。

「ううっ、脚をギュッてしたら、すぐに出ちゃうよお、あああっ」

こわばりから湧き上がるすさまじい快楽に、翔太は我を忘れる。

緩やかだった腰の動きも、カクカクと小刻みですばやいモーションへと変化する。

「きゃあんっ、また早くう、そんなのダメえ」

突然の猛攻に、穏やかだった先生も取り乱す。

童貞喪失したばかりの子供とは思えぬ突き込みに、ありえないほどの快感を覚えてしまうのだろう。

「先生っ、先生っ、おま×こよすぎて、おち×ちんがどうにかなりそうだよお」

「はあんっ、激しすぎよお、翔ちゃん。初めてのはずなのになんでこんなすごいのお」

牡の本能をむき出しにした突進に、女としての情念が目覚めてしまう。

愛情を込めた腰遣いは、由梨音を一匹の美しい獣へ変えてゆく。

「翔ちゃん、そんなにズンズンしたら、ああ、私は先生なのに、もうダメぇ」

ひと突きごとに、Gカップの爆乳がたゆんと揺れ、しなやかな肢体が弾ける。

啜り泣くような声で乱れる先生に、牡としての征服欲が擡《もた》げずにはいられなかった。

「先生っ、いいの、僕のおち×ちんが気持ちいいの？　教えてほしいよ」

先ほどは同じような質問で頬をつねられたが、快楽に溺れる由梨音はもう、少年にされるがままだった。

「んん、いいの、すごくいいの、先生、キミの太くて逞しいおち×ちんで感じちゃってるの。ああ、恥ずかしい……」

頬を真っ赤にして恥じらう先生は、見たこともない美しい横顔で答えてくれる。

「嬉しいよお、僕のおち×ちんで感じてくれて、ああっ、んちゅう」

大人の女性を歓ばせた事実に感動して、夢中で唇を奪う。

「アアン、いきなりキス、んん、ちゅうう……」

唐突な口づけにも驚くことなく、尖らせた舌をチロチロレロと絡ませる。

粘膜のぬめりとキスの興奮により、怒張はいちだんと膨れ上がる。

「由梨音先生っ、大好きだよお、僕だけの先生になってぇ」

感謝を形で表すべく、ガンガンと牝襞を抉《えぐ》り、蹂躙する。

「あああんっ、先生ももうダメ、翔ちゃんが逞しすぎて、どうにかなっちゃうう」

急激に練度を増す少年の性技に、戸惑いより愛着を覚えるのだろう。

幼い子供に性の快楽を教えた充実感が、由梨音の心を強く揺さぶり、もはや絶頂は目前だった。

「はあはあ、僕、もう出ちゃう、おち×ちんから出ちゃうよお」

切なく締めつける極上の名器に、若牡も限界が近づいていた。

「んん、まだ大きくなるんだね。先生のおま×こ、キミのおち×ちんの型にされちゃうう」

夕暮れの侘《わび》しげな光が照らす子供部屋は、家庭教師と教え子の秘密の空間と化す。

遠くから聞こえる街の喧噪《けんそう》も、もう二人には聞こえていなかった。

「くう、おち×ちんがもうダメ、いいよね先生、先生の膣内でおち×ちんピュッピュしたい」

「ふふ、甘えん坊だな、翔ちゃんは。いいよ、私が溺れるぐらいドクンドクンして、ああんっ」

最後のスパートをかけながら、先生の許可を求めるのは、まだ少年だからだろう。

翔太の幼い想いに気づけば、ふわりと両手を広げ、豊満なおっぱいの海へ包み込む。

「さあ、おいで、私が受け止めてあげる。キミのすべてをちょうだい」

淫らと慈愛が共存した女神の笑顔は、幼い日に誰もが望んだ母性への憧憬そのものだった。

たおやかな美貌でおねだりされれば、もう吐精を阻むものはない。

「由梨音先生、ああっ、先生」

カクンカクンと、さまになってきた腰つきでひたすら女壺を犯せば、ついに肉棒は最奥へ到達する。

「きゃあん、そこはあ、あああんっ、そこだけはダメえ」

女の淵源である、子宮の入り口を突けば、さらに甲高い嬌声で乱れる。

顰《ひそ》めた眉根がえもいわれぬ色気となって少年の胸を刺激し、怒濤のピストンが繰り出される。

「先生、すごく綺麗だよお、そんなお顔されたら僕、もう」

「アンンッ、またズンズンって激しくう、キミのおち×ちんでどうにかなっちゃうう」

雄々しいこわばりに突かれながら、両手両脚を絡め、全身で少年に縋《すが》りつく。

嬌声と同時に、グチョグチョと猥褻な水音が響き、官能のボルテージも最高潮に達する。

「ああっ、僕もうダメ、おち×ちんがダメえ、先生、先生っ、由梨音先生えっ」

「私もダメえ、キミのおち×ちんでどうにかなっちゃう、翔ちゃん、翔ちゃん、ああ、翔ちゃあん」

繰り出したこわばりが、由梨音のもっとも深い場所を貫き、絶叫が密室に轟く。

「くううっ、出ちゃう、先生の中で出ちゃう、あああっ、出るうう」

脳天が爆《は》ぜるような衝撃に襲われ、怒張の先割れから、ついに歓びの暴発が起こる。

ずびゅるるるっと濁流のように放出される精が、すべてを犯し尽くす。

「アンッ、アアアンッ、先生もイクッ、子供おち×ちんでイッちゃう、もうダメ、イックううう……」

二十六歳の淑《しと》やかな肢体が、激流のようなアクメの洪水に呑み込まれる。

白い背筋を目いっぱいに逸らし、少年の怒張に制圧された歓びで全身を震わせていた。

「はああ、おち×ちんミルクが、赤ちゃんのお部屋にいっぱい出てるのお……」

神聖な子宮に濃厚な種汁を受け、半開きになった口からは、もう意味のある言葉は出てこない。

胎内に注がれた牡の精を嚙みしめるように、うっとりした顔を浮かべるだけだった。

「ああ、先生、大好きだよお、先生、好きぃ」

想像を絶する快楽に見舞われた翔太は、豊満な乳房に埋もれ、いつまでも絶頂の余韻に浸っていた。

「私も大好きだよ、少年。キミのおち×ちんにいっぱい種つけされちゃった」

母が幼児を褒めるように頭をナデナデすると、さらに甘えてくる。

真に一体になれた少年と美女は荒い息のまま、時が過ぎるのも忘れ、抱き合っていた。

「うふふ、まさか初めての、中学生の男の子にイカされるなんて思わなかった」

オーガズムの感動から意識を取り戻しても、二人はひとつに重なったままだった。

いまだ頰が火照っているのは、少年の前であられもない痴態を見せてしまった恥ずかしさからだろう。

「うん、僕も嬉しい。先生みたいな綺麗な人が、初めての人だなんて」

「あら、エッチを経験したらお世辞も上手くなって、これならきっと成績も上がるね」

笑顔で祝福してくれる先生は、ちょっと意地悪だけど、その身をもって少年の悩みを癒やしてくれたのだ。

ついゴロゴロと、猫のようにおっぱいにじゃれついてしまう。

「ありがとう、由梨音先生。僕、先生といっしょなら頑張れる気がします」

もちろん由梨音も甘えられて、悪い気などしない。

「ふふ、翔ちゃんたら、エッチはあんなにすごかったのに、今はもう赤ちゃんみたいだねえ、かわいいなあ」

愛しさからギュッと抱きしめられ、しっとり汗にまみれた感触が心地よい。

「うう、そんなにギュってされたら、また」

しかし濃密なお肌の触れ合いは、萎えかけていたこわばりを再び漲らせてしまう。

ムクムクと、硬度を増した剛直は、先ほどよりもさらに熱く硬く屹立する。

「ああ、またなんだね。キミの男の子は満足してないみたい」

胎内で逞しく復活した若牡を感じとれば、由梨音の瞳も色を帯びる。

「あの、これは、ええと」

現金すぎる逸物の反応に、ばつの悪い顔を浮かべるが、由梨音はむしろ嬉しそうだ。

クイッと少年の顔を引き寄せ、甘い誘惑を囁いてくる。

「いいんだよ、キミの気が済むまでズンズンしても。私たちはそのために家庭教師になったんだから」

「先生……」

妖しい微笑みに唆《そそのか》されれば、今すぐにもいきり立った淫棒で汚したい。欲望をすべて吐き出すまで止まらぬ覚悟を決め、腰の運動を再開する。

「じゃあいくよ、ああ、先生のおま×こ、さっきよりも吸いついてくるよお」

「アンッ、また激しくう、そんなにしたらすぐに気持ちよくなっちゃうう」

妙齢の美女と幼子が愛し合う密室に、淫らな吐息が満ちる

身も心もひとつになった先生と教え子は、少年の精が尽きるまで、いつ果てるともなく愛し合い、求めつづけるのだった。

第三章　エッチなお泊まり勉強会

初めてのレッスンから数日が過ぎた、今日は二回目の日——。

「うう、詩乃お姉ちゃんのお部屋は久しぶりだから、緊張するな」

瀟洒《しょうしゃ》な高級マンションの門前で、制服姿の翔太は独りごちていた。

本来なら自宅で授業を受けるはずだが、つい先日、詩乃から申し出があり、お招きにあずかることになった。

「いきなりお姉ちゃんのお部屋で授業がしたいだなんて、いったいどうしたんだろう」

突然の提案から両親の許可を得たのち、お泊まり用のバッグを抱《かか》え、お姉ちゃんのマンションを訪問していた。

厳重なセキュリティを抜け、目当ての詩乃の部屋の前へ到着する。

「それに、泊まりがけで来てほしいだなんて」

大きめのリュックはお泊まりのためのものだが、見るからに重そうだった。

黒木家からは歩いて数分の距離だが、何やら遙か遠くの地へやってきた気分である。

「でも楽しみ。このお部屋に来るのも、三年ぶりだしね」

かつては大好きな隣のお姉さんということで、よく足を運んでいたが、最近はとんとご無沙汰していた。

それが再び巡り会えると思うと、感慨深い溜め息が出た。

「ふう、あれこれ考えても仕方ないや。まずはお姉ちゃんに挨拶をしないと」

元来、悩む性質《たち》ではない翔太にすれば、考えるより先に行動するほうが楽だった。

チャイムを押すと、待ち構えていたように、華麗に装飾された扉が開く。

「いらっしゃい、翔太さん。歓迎いたします」

満面の笑みで、歓迎してくれる詩乃はふだんより華やいで見えた。

シンプルだが、可憐な花柄のワンピースは、清楚なお姉さんにはよく似合っている。

艶やかな亜麻色のロングヘアは、春の陽光を浴び、天使の輪が輝いていた。

「こんにちは、詩乃お姉ちゃん、いえ、先生。今日はお招きいただいて、あうっ」

来訪の口上《こうじょう》を述べるよりも先に、フワフワの膨らみに抱きしめられてしまう。

「よく来てくれたわ。お姉ちゃん、寂しく寂しくて、どうにかなりそうだったのよ」

「うぐう、お姉ちゃん、あの……」

少年の言葉など聞いていないのか、柔らかな双丘に埋《うず》める頭をナデナデするだけだった。

（ああ、詩乃お姉ちゃんのおっぱい、柔らかくてあったかい）

子供のころから憧れていた美女に抱きしめられて、嬉しくないはずはない。

まして詩乃は、眩い美巨乳の持ち主なのだ。

（お姉ちゃんのおっぱい、昔より大きくなったかも、はあ）

幼いころはいっしょにお風呂に入ったりしたが、そのときよりサイズは増したかもしれない。

夢だった豊乳に挟まれ、陶然となるが、詩乃もようやく不躾なことに気づく。

「あら、ごめんなさい。あんまり嬉しかったら、つい」

玄関先で挨拶すらまだなのに、いきなり抱きしめてしまった。

大好きな少年を迎えたとはいえ、良家の子女とは思えぬ振る舞いだった。

「ふうう、大丈夫、です」

翔太としてはもう少し、豊穣のシンボルに埋もれていたかったが、訪問の意図を忘れるわけにはいかない。

「さ、入って。うふふ、久しぶりだし、歓迎の準備も整っているのよ」

少年の手をとって、軽やかな足取りで案内してくれる。

本来の目的は家庭教師宅で授業を受けるためなのだが、詩乃は接待するのを楽しんでいるようだった。

「でも驚いたなあ、詩乃お姉ちゃんが家庭教師になって、こうしてまた、お呼ばれするなんて」

品のいいアイボリーの内装は、かつてお邪魔していたときと変わっていない。

我が家のような安心感だが、若い女性らしいルームフレグランスの甘い香りが心をざわつかせる。

「翔太さんが成績のことで悩んでることは、前々から知っていたの」

独身女性が一人で住んでいるとは思えぬほど、詩乃のマンションは広い。

実家が黒木家に負けぬほどの資産家だからか、大切な一人娘が親元を離れるにあたり購入してくれたと聞いたことがあった。

「だから私としても、なんとか力になってあげたいって思ったのよ」

これまでの経緯を説明してくれる姿は、かつて憧れた優しいお姉さんのままだった。

昔と変わらぬ深い愛情に、少年の胸も熱くなる。

「僕のことを、そんなに……じゃあ今日、おうちに呼んでくれたのも」

「ふふ、翔太さんは昔から、お姉ちゃんの家に来るとすごく元気になったでしょ。だからここのほうが、勉強も捗《はかど》ると思ったの」

「そうだったんだ……」

疎遠になっても、ずっと自分を思ってくれていたことに翔太は感動した。

ご自慢のさらさらなロングヘアが、目の前で挑発的に揺れ、もう我慢できない。

「お姉ちゃん、僕、嬉しいっ」

感情を爆発させ、後ろからギュッと抱きつく。

「キャッ、翔太さん？」

今度は、詩乃が驚く番だった。

いきなり背後から少年の存在を感じ慌てるが、声は期待するように上ずっている。

「ありがとう、僕、お姉ちゃんのこと誤解してた」

詩乃ほどの美女が社会に出れば、男が放っておくはずもない。

就職後は恋や仕事に夢中になり、やがては自分のことも忘れてしまうと考えていた。

「きっと、お姉ちゃんは僕から離れていって、そのうちお嫁に行っちゃうって思ってた」

甘酸っぱい初恋の思い出が、鮮烈に甦《よみがえ》ってくる。

漠然と感じていた不安を吐露《とろ》すると、詩乃もまたにっこり頷《うなず》いてくれる。

「お姉ちゃんのほうこそごめんね。翔太さんが寂しくしてるのに、何もできなかったの」

いつの間にか少年へ向き直り、謝罪も込めてか頭をナデナデしてくる。

「そんなことないよ。お姉ちゃんはいつも優しかったもん」

幻想的なインテリアに飾られた、美麗なリビングの中心で、少年と美女は抱き合っていた。

「ああ、やっぱり詩乃お姉ちゃんは、とってもいい匂いがするよお」

美巨乳に顔をすり寄せると、芳醇な香りにうっとりする。

幼いころから見つめてきた、楚々《そそ》とした横顔は、まるでおとぎ話のお姫様のようだ。

「もう、翔太さんたら中学生になったのに、まだ甘えん坊の癖は抜けてないのね」

じゃれつくのをなだめなければいけないが、詩乃もまんざらではない。

「ごめんなさい。でも、僕、ずっとこうしていたい」

ストレートな感情をぶつけてくる翔太に、清純なお姫様も頰を赤らめた。

「そんなふうに言われたら、お姉ちゃん、どうにかなっちゃいそう」

詩乃にとっても少年は、憎からず思う存在である。

だからこそ、勉強を見てあげるという名目で、こうして自宅へ招いたのだろう。

「お姉ちゃん……」

白いレースのカーテンから吹き込む風が、ロングヘアをふわりと持ち上げる。

「翔太さん……」

流れるように揺れる髪が、透き通る美貌をさらに魅力的に引き立てる。

時が経つのも忘れ見つめ合えば、二人の顔もゆっくり近づいてゆく。

唇が重なるまで、あと数センチの距離だった。

「お楽しみのところ悪いけど、歓迎の準備を忘れてるんじゃないのかな、詩乃先生？」

不意に投げられる声に、詩乃はキャッとかわいい声をあげる。

翔太もまた、聞き慣れたボイスに飛び上がって驚く。

「由梨音先生？」

洒落《しゃれ》た掛け時計の横で、由梨音が嫣然《えんぜん》と微笑んでいた。

いつもの刺激的なミニスカスタイルだが、フリルのついた、新妻然としたエプロンも着用している。

「由梨音ちゃん、いつからそこに、これは、その、何でもないのよ」

翔太からぱっと離れ、無実を証明するように取り繕っている。

弁解すればするほど、少年への愛を肯定するように見えてしまう。

「それはこっちの台詞さ。せっかくおもてなしの用意をしていたのに、翔ちゃんが来たと知ると、全部私に押しつけていっちゃうんだから」

恨めしげに非難され、自分の置かれた状況に気づいたのか、見る間に小さくなる。

「うう、ごめんなさい」

しょぼんとする詩乃を差し置いて、翔太は質問を続ける。

「由梨音先生、なんでここにいるんですか？　今日は先生の授業じゃないのに」

少年からすれば、まさか由梨音との関係が、詩乃にバレてしまったのかと不安になる。

「おや、詩乃ったら、何も言ってなかったのかい？　私もこの部屋によくお邪魔しているんだよ」

当然のように答えると、となりの詩乃もコクンと頷く。

「まだ言ってなかったね。由梨音ちゃんは大学の先輩で、以前からよくお泊まりしてくれるの」

呆気《あっけ》にとられている翔太に、数年前から由梨音と共同生活をしていることを告げる。

「まあ最近は、ここが我が家みたいなものだね。仕事の打ち合わせをするにも、都合がいいし」

互いに見合うと、ふふっと笑う。

詩乃の無邪気な笑顔を見ると、どうやら少年と由梨音の関係は知らないようだった。

清純なお嬢様である詩乃が知れば、きっと卒倒するに違いない関係だが。

「今日も翔太さんをお迎えするって聞いて、そのお手伝いをしてくれていたのよ」

エプロン姿はそのためかと、納得する。

だがお姉ちゃんと、二人っきりの時間が過ごせなくなって、不満ではあった。

「おや、どうしたんだい？　少年。何やら言いたいことがありそうだけど」

由梨音はそんな気配を敏感に察したのか、零れるようなスマイルで覗き込んでくる。

情熱的な赤い唇は、数日前の爛れた痴態を思い出させてくれる。

「いえっ、そんなことないです。由梨音先生もいっしょで僕、すごく嬉しいです」

首をブルブル振って否定する姿は、いかにも子供らしかった。

「それはよかった。さあ、詩乃。準備はまだ済んでないぞ。翔ちゃんもお腹が空いたろうし、早くしないと」

言われてみれば、キッチンからはいい匂いが漂ってきている。

歓迎のためのご馳走を用意してくれたのだと思うと、本来の目的も忘れてしまう。

「僕も何かお手伝いしたいな。お姉ちゃんたちだけにさせるわけにはいかないもん」

制服の袖をまくり、リビングと一体化したキッチンへ向かおうとする。

そうはさせじと、先生たちは行く手を遮《さえぎ》る。

「おっと、もてなしは私たちに任せてくれたまえ。キミにはやることがあるだろう」

そう言うと、由梨音は少年の肩を摑み、書斎へ向けさせる。

「翔太さん、ここに来たのは、いちおう勉強が目的なんですから。出された問題集はちゃんとこなしましょうね」

忘れていたが、数日前から出されていた課題を、丸一日がかりで終えるという名目で、ここに来ているのだ。

翔太は嫌そうな表情を浮かべるが、お姉ちゃん先生たちに逆らえるはずもない。

「まずは勉強からだね。ふふ、心配しなくてもわからなかったら私たちが教えてあげるよ、手取り足取りね」

思わせぶりにウインクすると、翔太の心拍数も跳ね上がる。

「由梨音先生、そんなこと」

いつの間にか、由梨音は少年のすぐそばに密着していた。

詩乃に気づかれないよう、こっそり耳元で囁く。

「勉強が終わったら、パーティをして、そしてそのあとは……ね？」

健康的な白い歯を輝かせ、口元を蠱惑《こわく》的に歪めている。

初めて女体の神秘を知った、あの淫靡なひとときが脳裏をよぎると、素直に従うしかなかった。

「はい、わかりました。書斎でおとなしく勉強します」

ぺこりと頭を下げ、すごすごと、かつて詩乃とよく遊んだ書斎兼勉強部屋へ向かう。

「翔太さんたら、すごく聞き分けがよくなって、それとも相手が由梨音ちゃんだからかしら」

少年と由梨音の関係を知る由《よし》もない詩乃は、言いつけを守るいい子になったと感心している。

「ふふ、そりゃそうさ。私と翔ちゃんはもう、知らぬ仲ではないしね」

「もう、由梨音ちゃんたら、そんな言い方、なんだかやらしい」

意味ありげに語る由梨音だが、詩乃は冗談と受け取ったようだ。

修羅場になるかと思いきや、三人の間には穏やかな空気が流れている。

胸を撫で下ろせば、ハーブの香りが食欲をくすぐり、お腹がグウッと鳴る。

「翔太さん、待っててね、すぐに用意ができるから」

少年のお腹の虫に満足げに微笑むと、詩乃もエプロンを着け、キッチンへ向かう。

「なに、明日は休日で時間はたっぷりあるんだ、いっぱい楽しもうじゃないか」

めいめいの格好で、美人家庭教師たちは準備にいそしむ。

ボーイッシュな由梨音と淑やかな詩乃という、タイプの違う美女たちに囲まれ、翔太の胸は感謝の気持ちでいっぱいになる。

(詩乃お姉ちゃんも由梨音先生も、綺麗なだけじゃなくて優しくてお料理もできて、僕、幸せだなあ)

勉強をしにきたはずが、もう頭の中はこれから過ごす甘いひとときの夢想で、占められている。

もっとも少年の本当の受難は、数時間後に起こるのだが……。

「さあ、おいで、翔ちゃん」

「どうしたの、翔太さん、早くこっちへ来て」

華やかな宴《うたげ》のあと、湯気が立ち昇るバスルームで、美女たちの甘い声が耳をくすぐる。

「ああ、由梨音先生、詩乃お姉ちゃん……」

あまりの絶景を前にして、少年は言葉を失っていた。

「ふふ、さっきまでは元気だったのに、急にしおらしくなったね」

「翔太さんは、昔からお風呂に入るのは恥ずかしがっていたのよ、しょうがないわ」

マーブル調の浴槽に優雅に腰掛け、二人の先生はなまめかしい媚態で誘う。

バスタオル一枚を纏《まと》った豊満な肢体は、子供の目には眩しすぎる。

(ああ、まさかお姉ちゃんたちといっしょにお風呂に入るなんて)

歓待を受けたあと、プログラムに沿った授業を受け、出来のよさを褒められた。

それだけでも嬉しかったが、さらにいっしょにお風呂へ入ることになってしまった。

ご褒美とばかりに連れ込まれた浴室は、マンション用とは思えぬ広さだった。

「翔太さんはお勉強もできて、とてもいい子だから、お姉ちゃんがいっぱいかわいがってあげるね」

和やかに微笑む詩乃は、透き通る美貌とたわわなおっぱいで、楚々とした色気を感じさせてくれる。

「こんなに美人二人にお世話されるなんて滅多にないんだ。喜びたまえ、少年」

健康的な素肌と悪戯な眼差しは、小悪魔な由梨音先生の魅力を、十二分に引き立てている。

麗《うるわ》しすぎる女神たちの競演は、幻想の世界へ迷い込んだようだった。

（はあ、二人とも綺麗なだけじゃなくて、おっぱいがすごく大きくて）

華やいだ豊穣のシンボルに、くびれたウエストラインは存在自体が罪である。

よく実った膨らみがプルンと揺れるだけで、タオルを腰に巻きつけただけの股間が膨らみかけ、必死で自制する。

「もう、来てくれないなら先生が行っちゃうぞ」

逡巡《しゅんじゅん》する少年を楽しげに見つめていた由梨音先生が近づいてくる。

「ああ、引っ張らないでください、うう」

観念して二人のもとに行くが、顔を真っ赤にして俯いたままである。

「おかしな翔太さんね、昔はよくいっしょにここでお風呂に入ったでしょ」

「それは、そうだけど」

確かに数年前は、まだ大学生だった詩乃と、よくお風呂に入っていた。

もっともそのせいで、翔太は精通を迎えてしまったのだが。

「うふふ、なら恥ずかしがらないで、さ、お姉ちゃんが背中を流してあげるね」

どうやら詩乃は、翔太が性欲に目覚めていない、無垢な子供だと思っているようだ。

「そうだよ、翔ちゃん。せっかく詩乃がご奉仕してくれるんだ。遠慮なく受けたまえ」

少年の変化をとっくに知っている由梨音は、そんな二人をニヤニヤしながら見つめている。

二対一ではもう観念するしかなさそうだった。

「あの、それじゃあ、お願いします」

「うん、素直でよろしい。お姉ちゃんがキレイキレイしてあげますね」

おとなしく従い、マットへちょこんと腰掛ける。

スポンジで背中を洗うお姉ちゃんは、久しぶりのお肌の触れ合いを、心の底から喜んでいるようだ。

華奢《きゃしゃ》な少年の身体に触れながら、目を細めている。

「はい、いい子いい子、お背中をお流ししまーす」

母親が赤子をあやすようなそぶりだが、幼いころからこうやって洗ってもらってきた。

柔らかな手が触れるだけで、少年の心は安堵感に包まれる。

「はあ、お姉ちゃんの手、やっぱり気持ちいい」

されるがままになると、こうやって幾度もかわいがられた記憶が甦る。

「大きくなったと思ったけど、まだ子供ね。お肌も白くてスベスベしてる」

仲のよかった子供時代を思い出しているのは、詩乃も同じだった。

「おとなしくてかわいい翔太さんには、お姉ちゃん、もっとしてあげたいの」

さらに密着して、念入りにゴシゴシ洗ってあげようとする。

当然、接触度の度合いも増す。

「ひゃんっ、お姉ちゃんっ」

柔乳がムニュリと背中に当たり、つい声をあげてしまう。

「あん、逃げちゃダメよ。もっと綺麗にしてあげる」

詩乃は少年が性欲の葛藤《かっとう》に苦しんでいるなど、知る由もない。

いまだ天使のままと思っているのか、後ろから抱きかかえ、念入りに洗おうとする。

その分、さらにおっぱいが押し当てられ、刺激的な感触にどうにかなりそうだ。

(うう、そんなにされたらおち×ちんが)

歓びを知ったばかりの若牡は、急激に存在感を増してくる。

ムクムクと兆す肉勃起を、なんとか抑えようとするも、無駄な努力だった。

（ああっ、おち×ちんが、おち×ちんがもうダメっ）

心の叫びとは裏腹に、雄々しい肉茎はついに誇らしげに屹立する。

タオルで前を隠すが、内心はいつバレるかと思い、ヒヤヒヤだった。

「あの、お姉ちゃん、僕、もういいから、一人で洗えるから」

これ以上続けられたら、さすがに気づかれそうだ。

白い手から逃げようとするが、詩乃はそれを拒絶と受け取る。

「どうしたの？　翔太さん。まさかお姉ちゃんのことが嫌いになったの？」

少年の抵抗に、ショックを受けたようだ。

「それは、うう、お姉ちゃん」

まさか本当のことを話すわけにもいかず、縮こまっていると、さすがに由梨音が助けてくれる。

「ふふ、ねえ、詩乃。翔ちゃんはキミのことが嫌いなわけじゃないんだよ」

由梨音はさっきから二人のやりとりを微笑ましく見守っていた。

ようやく自分の出番が来たとばかりに、翔太を優しく抱き寄せる。

「あ、由梨音先生、くすぐったいよお」

猫をじゃらすように、頭を撫でたり喉をくすぐっている。

「え、どういうこと、由梨音ちゃん」

怪訝《けげん》な顔つきの詩乃は、本当に性の知識に疎《うと》いようだった。

あるいは少年の幼さが、そのように感じさせるのかもしれない。

「嫌がってるわけじゃない。翔ちゃんはむしろ、詩乃のことが大好きなのさ」

豊かなバストであやしながら、股間を塞いでいる少年の手をどける。

「あっ、先生、そこは……」

前を隠す布地は、すでにどうしようもないほど盛り上がっている。

「今、その証拠を見せてあげるよ、ほら」

そう言うと、タオルをはらりと下ろす。

「ダメだよお、ああっ」

抵抗する暇もなく、ブルンッと肉茎が勢いよく飛び出る。

たちまちそそり立つ太幹は、バチンと臍にまで跳ね返る。

「キャッ、翔太さん？　それって……」

少女のような悲鳴をあげ、跳び上がらんばかりに驚く。

口元を覆い、慌てふためくが、視線だけは隆々と反り返る太幹に釘づけだった。

赤黒く肥大化したそれは、幼い翔太のものとは思えぬほど猛々しい。

「嘘、そんな、翔太さんのおち×ちんが、もう」

絶句し、固まったままの詩乃はただ困惑する。

ずっと子供だと思っていた少年が、いつの間にか大人になっていたのだから、無理もない。

「さ、見てごらん。これが翔ちゃんのおち×ちんだよ」

初心《うぶ》な反応を楽しむ由梨音は、見せつけるように、やんわり手を添え、軽くしごく。

「あううっ、シコシコしないで、先生」

三人でお風呂に入る興奮から、とっくに漲《みなぎ》っている怒張は、触れられるだけで先走りを滲ませる。

「ほうら、先っちょから透明なネバネバが出てきたよ、うふふ」

シュルシュルと摩擦音を立て、こわばりを撫でつけている。

詩乃にとって初めて見る、由梨音のいやらしい一面だった。

「ああ、由梨音ちゃん、翔太さんとそんなことして」

少年の変化は驚愕だが、親友である美女の、もう一つの顔にも困惑する。

しかし二十五歳の女体は、眼前の淫靡な光景に、官能を昂《たかぶ》らせてしまう。

「翔太さんのおち×ちん、すごく逞しい、んんっ、まだ子供なのに」

幼い少年が成人女性に逸物をしごかれるという、ありえない構図に興奮していた。

いけないこととは思うが、目の前のいかがわしい行為に腰をモジモジさせている。

「わかったろう。翔ちゃんは詩乃のことが大好きで、ひとつになりたいって思ったからこうなったのさ」

「翔太さんが、私と？」

コクリと頷くと、蠱惑的な笑みで二人をそそのかそうとしてくる。

まるで最初から、翔太と詩乃を結びつけるのが目的のように振る舞う。

「ねえ翔ちゃん、詩乃もキミのことが大好きなんだよ。夜なよなキミのことを想っていけないことをしたりね」

ゾクリとする流し目で、さらに驚愕の事実も口にする。

「そうなの、お姉ちゃん、本当なの？」

「何を言うの、私はそんなっ」

顔を真っ赤にして否定するが、言葉に勢いはない。

「おや、この前、寝言で翔ちゃん、て言っていたじゃないか。あれはどう見ても、弟というよりは恋人への呼びかけだよねえ」

「ああ、お願い、それ以上言わないで」

学生時代から仲がよく、共に暮らしてきた由梨音にとって、詩乃の胸中は手に取るようにわかるのだろう。

「素直に認めたらいいじゃない。翔ちゃんと愛し合いたいってね」

「だって、私が望んでいても、翔太さんが……」

伏し目がちに頬を赤らめるさまは、少年への想いが事実であることを認めていた。

「お姉ちゃんが、そんな、嘘みたい」

翔太もまた年上の、大人の女性であるお姉ちゃんが、少年の自分を愛してくれていたことに目を丸くする。

しかし衝撃から覚めれば、見る間に笑顔になってゆく。

「うう、そんな目で見ないで。もうっ、由梨音ちゃんたら」

禁断の想いを指摘され、本来なら怒るべきだが、不思議とそうはならない。

叶《かな》うはずもないと思っていた願いが、由梨音によって現実のものになろうとしていた。

「でも、もう心配しなくてもいいよ。キミたち二人は愛し合っているんだから、何の問題もないだろう？」

問題ないとは思えないが、甘く囁くような口調は理性を狂わせる。

「それは、そうよね、私も本当は翔太さんと……」

親友の言葉は、積年のわだかまりさえ浄化されるほど、慈愛に満ちていた。

「さ、詩乃、こっちへ」

手招きをされれば、もう抗《あらが》えない。

「詩乃お姉ちゃん……」

「翔太さん……」

熱気が籠《こも》る浴室の中心で、翔太と詩乃は視線を絡ませる。

大理石調の豪奢な内装と湧き立つ湯気が、若い二人を煽っていく。

「お姉ちゃん、んむうう」

「アンッ、いきなりキス……」

淑《しと》やかな長い睫毛に欲望を煽られ、奪うように唇を重ねる。

初めはびくりとするが、お姉ちゃんも懸命に舌を絡めてくる。

「はあ、好き、大好きだよお、んちゅうう」

「んん、お姉ちゃんも大好きよ、アン、ふむうう」

立場も年齢差も超え、キスの快楽を貪《むさぼ》り合う。

ようやく結ばれた二人に、由梨音はしてやったりという表情を浮かべていた。

「よかったね、二人とも。素直になってくれて、私も嬉しいよ」

熱心に舌を擦り合わせる親友を見たせいか、由梨音の頬も火照ってしまう。

「すごく羨ましい……アン、私も混ぜてほしいな、んん」

見せつけられるディープキスに興奮したのか、舌を差し出し、愛欲の輪に参加してくる。

「アンンッ、由梨音ちゃんまで、はあ」

「先生、そんな、んんん」

「ふふ、二人とも、とってもかわいいよ。ちうう」

黄昏時《たそがれどき》のバスルームで、猛烈にいやらしい光景が展開される。

年端もいかない少年に、二人の美女が代わるがわる口づけを求めた。

「翔ちゃん、お願い、早く私たちを脱がせて」

キスの感動に酔いながら、美女たちはそれ以上の行為を望んでいた。

翔太の手を導いて、バスタオルを脱がすよう促がす。

「んん、お姉ちゃん、先生」

だが、いやらしい手つきは、懇願を待たず、慣れた動きで外そうとする。

つい数日前、童貞喪失したばかりなのに、いつの間にか女の扱いに熟達していた。

「アン、翔太さんのエッチ」

「くす、積極的なのはいいことだよ、少年」

ぷるるんと弾むように出現するFとGカップの美巨乳に、圧倒されない男などいない。

「これが先生たちのおっぱい。すごく綺麗……」

桃色のニップルは、吸われてもいないのにツンと浮き立っている。

どちらも甲乙つけがたいが、大きさでは由梨音、しゃぶりたくなるような柔らかさでは詩乃が上だ。

「ああ、白くてつるんてしてて、いやらしいおっぱい」

数年ぶりに見る、お姉ちゃんのおっぱいは、かつていっしょにお風呂に入ったときと同じように白く艶やかだ。

じっくり観察しようとするが、恥じらう詩乃は、つい隠そうとする。

「そんなに見ないで、キャッ、由梨音ちゃん?」

おっぱいを隠そうとする手を、由梨音が止める。

背中から腕を回して、詩乃の美乳をムニュッと持ち上げ、少年へ見せつける。

「イヤン、そんなにされたら……」

「ダメだよ、詩乃。ちゃあんと見てもらわないと、ね」

たわわなおっぱいに手を添え、やんわりと揉みしだく。

少し意地悪だが、由梨音なりに奥手な親友を気遣う行動だった。

「ふふ、こんな綺麗なおっぱいを愛してもらわないなんて、もったいないないじゃないか。ほらほらあ」

「アンッ、摘まんじゃダメえっ」

由梨音先生はレズっ気でもあるのか、好色な目つきで美巨乳を弄《もてあそ》んでいる。

女同士で愛し合うレズプレイなど少年が目にするのは初めてだった。

「ああ、お姉ちゃんも由梨音先生も、おっぱいムニュムニュって」

類希《たぐいまれ》な美女たちがじゃれ合う光景に、ゴクリと生唾を呑む。

「お願い、見ないで、翔太さん、ああん」

いくら秘めた胸の内を告白したといっても、痴態を見られては恥ずかしい。

執拗な乳責めに、つい逃れようとする。

「逃げちゃダメだよ、詩乃。ふふ、それよりも翔ちゃんのおち×ちんは、すごいことになってるみたい」

「翔太さんの？　ああっ、おち×ちんが、また」

悪戯っぽく微笑む由梨音に促され、翔太の股間に目をやると、思わず絶句する。

そそり立つ怒張は、先ほどよりはるかにビクビクンと体積を増していた。

「ほうら、あんなにドックンドックンしちゃって。翔ちゃんは私たちが愛し合ってるのを見て、すごく興奮してるんだよ」

あどけない顔からは想像もつかないほどに、逸物は膨れ上がっている。

正直な肉体の変化に、詩乃もまた、乙女のように胸をときめかせる。

「はあ、お姉ちゃん、僕、たまらないよお」

「んん、そんなにおち×ちんが……でも、翔太さんが望むなら」

詩乃も由梨音の想いを感じ取り、ようやく観念したようだ。

おとなしく受け入れ、愛する少年へ豊満な美乳を見せてあげる。

「どうだい翔ちゃん。詩乃のおっぱいはこんなにプルプル揺れて、とっても美味しそうだろう」

血管が浮き出るほど白く綺麗な肌とピンクの乳頭が、楚々とした風情《ふぜい》を感じさせてくれる。

「詩乃お姉ちゃんのおっぱい、乳首がツンツンしてる」

悩殺的な母性の象徴は牡を虜にし、逸物に熱い血潮が流れ込む。

お姉ちゃんのそばへにじり寄り、恍惚とした表情で注目していた。

「アン、翔太さんの目つき、いやらしすぎぃ、まだ子供なのにぃ」

覚悟したとはいえ、やはり見つめられるのには、抵抗がある。

つい身をよじって逃れようとするが、後ろから支える由梨音がそれを許さない。

「はああ、おっぱい、ああ、お姉ちゃんのおっぱい、はむう」

欲望に憑かれた少年は、もはや我慢などできない。

鼻をくすぐる芳醇な乙女の香りに刺激され、そっと桃色の乳頭を口に含む。

「きゃあんっ、翔太さん、それはあっ」

いきなり口腔に敏感な甘乳首を吸われ、ビクンッと背筋を反らす。

生温かい感触が肌を這い回り、刺すような鋭い感覚に襲われる。

「はあはあ、おっぱい、プルプルしてて、でもツンて硬くなってて、んちゅうう」

卑猥にしこり立つ乳首を舌で転がしながら、極上の触り心地に酔いしれる。

幼いころから憧れていたお姉さんのおっぱいをしゃぶるのは、夢にまで見た行為なのだ。

「アン、翔太さん、それ以上はっ、お姉ちゃんおかしくなっちゃううう」

未体験の感覚に、うら若い肢体も急速に昇りつめる。

弟のような少年に愛撫され、恥じらいよりも歓びのほうが強くなる。

「おっぱい、僕の大好きなお姉ちゃんのおっぱい」

だがさすがに強めに吸われては、痛みを覚えてしまうようだった。

「んん、痛っ、翔太さん……」

愛される歓びに浸りつつも、切なげな声を出す詩乃に、由梨音も注意を促す。

「おっと翔ちゃん、そこは丁寧にね。詩乃はまだバージンなんだから、優しく扱ってあげないと」

「ええっ、由梨音先生、嘘でしょ？」

唐突に明かされる事実に、翔太は驚いてお姉ちゃんを見上げる。

「由梨音ちゃんっ、なんてことっ」

詩乃もまた、顔を真っ赤にしていた。

しかし、否定するでもなく、口を噤《つぐ》んだままだ。

「本当なの、お姉ちゃん？」

「あの、それは……うう、恥ずかしい」

羞恥から両手で顔を隠すさまは、口に出さずとも、本当のことだと物語っていた。

「そうだよ、詩乃はキミといつか結ばれる日を夢見て、純潔を守ってきたのさ。こんな美女に想われるなんて、幸せ者だね」

皮肉めいた笑みを浮かべても、由梨音の心の底には、愛し合う二人を取りなしてあげたいという真心があった。

もちろん自身の爛《ただ》れた願望をかなえたい企《たくら》みもあったが。

「笑わないでね、翔太さん。お姉ちゃん、ずっと昔からこうなることが夢だったの」

観念したのか、胸中の秘めた想いを吐露する。

諦めていた恋心を口にするお姉ちゃんは、ひと際美しく見えた。

「詩乃お姉ちゃんが、僕のことをずっと……」

少年には、胸にこみ上げる熱い想いが上手《うま》く説明できない。

だが、憧れていた美女からの告白が、嫌であろうはずがなかった。

「ああ、お姉ちゃん、うれしいよお」

歓びを爆発させれば詩乃へ抱きつき、欲望のまま押し倒す。

「あん、翔太さあん」

マットの上へ寝かされ、ご自慢の艶やかなロングヘアが軽やかに舞う。

嬌声をあげ、襲われることすら、歓んでいるようだった。

「お姉ちゃん、好き、好き、ずっと僕だけのお姉ちゃんでいてほしいよぉ」

子供の率直な愛情表現に、詩乃もまた長年の望みが叶った。

もう離さないでとばかりに、ギュッと胸の中へ抱きしめる。

「お姉ちゃんも大好き、翔太さんと愛し合えて嬉しいわ、んんうっ」

感情が爆発し、突然、唇が奪われる。

「んん、んむう、はあ、お姉ちゃぁん」

先ほどより激しいキスで責め立てると、お姉ちゃんも舌を絡めてくる。

ついばむようなキスは、頭の芯までピンク色に染まる。

「ちうう、アン、おっぱいまでムニュムニュされたら、あああん」

しかし肉の歓びを覚えた若い肉体は、キスだけでは満足しない。

両手でたわわなおっぱいを弄びながら、官能の嵐に溺れてゆく。

極上の揉み心地とバスルームの熱気が、性感を限界まで高めてくれる。

「ふふ、よかったね、二人とも。私も骨を折った甲斐があるのもさ、って、聞いてないね」

二人だけの世界に没入する姿を微笑ましげに見守っていたが、由梨音も自身の興奮を抑えることができない。

愛欲の炎に当てられ、お股を切なくモジモジさせている。

「んん、そんなに激しいのを見せられたら、私も、ああ……」

いつの間にか、指を敏感なスリットへ滑り込ませ、クチュクチュといやらしい音を立てている。

「翔ちゃん、私にも欲しいな」

我慢できず、少年の股間へ顔を近づければ、すでに雄々しい怒張が臨界寸前まで昂っている。

あまりの熱量に火傷《やけど》しそうだ。

「ああ、おち×ちん、この前よりも大きくなってる。すごいね、まだ中学生なのに」

しなやかな指を灼熱の肉勃起へ巻きつけ、シコシコしごく。

そして若く活力に溢れた太幹に、うっとりと瞳を輝かせる。

「ううっ、由梨音先生？」

おっぱいの海に溺れていた少年も、こわばりを優しくしごかれ動揺する。

「ふふ、詩乃はキスで忙しいみたいだし、先生はこっちをしてあげるね、んむうう」

太さと硬さを増してゆく少年自身へ、艶めいた真っ赤なルージュでご奉仕を開始する。

「はああっ、先生っ」

いきなり膨れ上がったこわばりを生温かい口腔に覆われ、たまらず呻《うめ》く。ズポズポと、いやらしく首を動かす魔性のフェラに、精のすべてを搾り取られそうだった。

「んん、ふう、本当におっきいね、翔ちゃんのおち×ちんは。んちゅうう」

「先生っ、そんなにチュッチュされたら、もう出ちゃううっ」

ヌルヌルとまとわりつくお口は、おま×こに入れたときと同じ、極上の感覚だ。

愛情たっぷりのおしゃぶりに、欲棒は早くも達しそうになる。

「でも嬉しい、こんな逞しいおち×ちんに愛してもらえるなんて、ああ、またズンズンしてほしいの」

ショートボブの美女は、身も世もない台詞で子供の逸物を求める。

小悪魔な由梨音先生さえ虜にした事実が、牡としての自信を与えてくれる。

「くううっ、おち×ちんジュボジュボされたら、我慢できないよお」

頭の中がカアッと煮えたぎり、優美な詩乃の太股を押し開く。

「あ、翔太さん、そこは」

いきなりお股を拡げられて少年の前にすべてを晒され、つい腰を引いてしまう。

白い肌が熱を帯び、赤く染まるのは、湯気のせいだけではなかった。

「はあ、これが詩乃お姉ちゃんのおま×こ」

夢にまで見たお姉ちゃんの花園に、目が眩みそうなほどの衝撃を受ける。

由梨音よりもさらに幼く見えるそこは、ぴったり合わされた割れ目に、申し訳程度の若草がそよいでいるだけだった。

「ダメよ、見ないで、ああん」

大切な場所を露《あらわ》にされ、イヤイヤと首を振る姿も色っぽい。

まだ何者にも汚されていない、楚々とした秘唇は性欲を誘う。

「もう、翔太さんたら、いつの間にこんなにエッチになっちゃったの。お姉ちゃん、死んじゃいたいぐらい恥ずかしい」

詩乃の中では、あどけない子供のままだっただろうが、今は逞しく上へ覆い被さっている。

事態の急転に驚くが、愛する人に支配されたい女の欲望も切なく疼く。

「おま×こ、とっても綺麗だよ、んちゅうう」

ヒクヒク蠢く秘粘膜に迷わず口づけを捧げる姿は、ついこの前まで童貞だった面影はない。

「キャアアンッ、お口でなんてえっ」

思いがけず熱いクンニを受け、うら若い女体はビクンと跳ねる。

妄想の中で幾度も少年と交わる夢は見ていたが、現実のものになれば、衝撃は計り知れないにちがいない。

「ちゅうう、ああ、これがお姉ちゃんのおま×この味なんだ」

「アンンッ……『味』だなんて、そんなこといっちゃダメぇ」

巧みに舌をズポズポと動かし、小陰唇からもっとも感じる肉芽を責め立てる。

執拗な舌技は、とても子供のものとは思えなかった。

「はあはあ、このおま×こに、僕のおち×ちんを入れられるんだね」

もうすぐこの清楚な秘割れに、己《おのれ》の男根をねじり込むことできるのだ。

興奮がいや増し、滴る熱い蜜を掬《すく》うべく、舌をズブリと奥へ差し入れる。

「いやあん、舌を入れないでぇ」

ヌルヌルと秘粘膜を這い回る軟体動物が、きつく閉じられた割れ目をこじ開けようとする。

「アンッ、そこに入っていいのは、翔太さんのおち×ちんだけって決めてたのよ、それ以上は、ああ……」

強すぎる刺激を受け、詩乃が淫らに身体をくねらせる。

嬌声があがるたび、熱く脈打つこわばりは硬く太くなり、さらに行為をエスカレートさせる。

「怖がらないで、お姉ちゃん。こんなに綺麗なのに、んむう」

「そんなこと言われても、ペロペロは恥ずかしいの、あああん」

ピチャピチャといやらしい水音を立てながら、淑やかな女体は急速に昇りつめようとしていた。

「んっ、んふう、翔ちゃん、先生も欲しい。お願い、早くこの立派なおち×ちんで貫いてえ」

由梨音もこわばりをしゃぶり立てながら、懸命に結合を求めてくる。

二人の美女が、あどけない少年に絡みつき、おねだりをするバスルームは、淫らな楽園と化していた。

「はああ、翔太さん、お姉ちゃん変なの。恥ずかしいのにペロペロが気持ちよくて、もうダメえ」

快楽が強くなればなるほど、詩乃の胸には罪悪感が募るようだ。

「こんなエッチなお姉ちゃんは、きっと翔太さんも嫌いでしょう、ううう」

望んでいた少年との交わりだが、年齢差を考えれば、やはり躊躇《ためら》う。

まして相手は、いまだ中学生の子供なのだ。

「そんなことないよ、僕、ずっとお姉ちゃんとこうなりたかったの」

美しい顔で苦悩するお姉ちゃんを見れば、純真な気持ちで応えてあげたい。

「翔太さん……」

胸中でくすぶっていた気持ちが、無垢な微笑みによって癒やされる。

「おち×ちんでお姉ちゃんを僕の物にしたいの。ううん、お姉ちゃんが嫌といってもそうするからね」

凛々《りり》しい顔つきで、少年は宣言する。

涼しげに微笑むその姿は、処女が純潔を捧げるのに相応《ふさわ》しい存在だった。

「ああ、そんなふうに言われたら、お姉ちゃん、もう……」

もう何の懸念も、迷いもない。

ひたすら想い人の愛を乞えば、はしたなくも脚を開き、自らの指で肉の蕾を押し拡げる。

「アンッ、見てぇ、お姉ちゃんの処女膜、翔太さんにあげるために守っていたのよ。お願い、早く逞しいおち×ちんで、翔太さんのものにしてぇ」

もはや先生として、お姉ちゃんとしてのプライドをすべて捨て去っていた。

あられもない嬌声をあげ、ただ愛する少年とひとつになりたがった。

「ああっ、お姉ちゃんっ」

憧れだったお姉ちゃんの痛切な願いに、翔太の中の牡が奮い立つ。

ぬぽぬぽとご奉仕を受けていた由梨音のお口から、剛直を引き抜き、蜜で潤う秘唇へ宛がう。

「アアン、翔ちゃん」

由梨音が残念そうな声をあげるが、もう耳には届いていない。

獣欲の権化《ごんげ》となった少年は、牝を征服することしか考えられなかった。

「入れるよっ、おち×ちんで、お姉ちゃんを僕のものにするよっ」

「アン、翔太さん優しく、ああん」

肉づきのよい太股を腕でがっしり固定して、腫れ上がった切っ先で、ヌチュリと秘粘膜を圧迫する。

慣れた仕草で、花園の入り口を突けば、早くほしいと粘膜が吸いついてくる。

「ああ、おち×ちんがとっても熱いの」

お姉ちゃんは潤んだ瞳で、合体を望んでいる。

可憐な媚態に牡の支配欲を限界まで刺激され、一刻の猶予もならない。

「行くよっ、お姉ちゃんっ、入れちゃうよっ」

初挿入時以上の興奮に襲われ、堰《せき》を切ったように猛然と腰を繰り出す。

「待って翔太さん、お姉ちゃん……アアッ、ハアアンッ」

瞬間、すべての抵抗を突き破り、逸物は汚れなき花園へ完全挿入を果たす。

「アアアンッ、太くて硬いおち×ちんがいっぱいい、んんっ、ダメえ……」

極太の怒張にズップリ貫かれ、二十五歳のしなやかな肢体は、少年によって女へと生まれ変わる。

「ああっ、くうっ、これが詩乃お姉ちゃんのおま×こ、すごくキツキツだよお」

初物だけあって、由梨音の女壺とは違うきつさに思わず舌を巻く。

お姉ちゃんの柔膣は、すさまじい圧力で肉棒をぎゅうぎゅう締めつけてくる。

「はああ、何これ、おま×こがキュウキュウッ、て、ううっ」

複雑に絡みつく蜜襞の感触は、絶品だった。

ちぎらんばかりに絞る処女膣を、若牡はギチギチと音を立てながら突き進む。

「んんんっ、翔太さんのおち×ちんもすごいの、こんなに逞しいなんて、くう……」

やはり痛みがあるのか、目に大粒の涙を溜めるお姉ちゃんは、背筋がゾクゾクするほど色っぽい。

「お姉ちゃん、そんな顔されたら、はううっ」

女壺へ深々と差し込んだ剛直は、興奮から今にも達しそうだ。

なんとか暴発の衝動を堪《こら》えつつ、お姉ちゃんと目を合わせる。

「ああ、お姉ちゃん、すごく綺麗だよ」

「翔太さん……」

お世辞ではなく、心の底からそう思う。

幼いころからずっと憧れてきた美女を、自身の欲棒で征服するのは、牡として至上の歓びだ。

「嬉しい、お姉ちゃんも翔太さんとひとつになれて幸せ」

目の前にいるのは、もうかわいい弟でも教え子でもない。

美女と愛し合い結ばれる資格を持った、一人の男だった。

「よかったね、詩乃。大好きな人とひとつになれて」

いつの間にか側へ寄り添っていた由梨音が、手を握って祝福してくれる。

「由梨音ちゃん、ありがとう」

上手く乗せられてしまった感はあるが、本懐が遂げられたことに悔いはない。

感謝の念を言葉にしようとすれば突然、唇が塞がれる。

「詩乃、かわいいね、んんん」

ボーイッシュな由梨音先生は、やはり同性を愛する傾向がありそうだ。

艶めいた真っ赤なルージュが重なると、蕩けるようなディープキスに夢中になる。

「アン、んんむ、由梨音ちゃん」

詩乃もまた、舌を差し出しチロチロレロレロと絡める。

「んちゅうう、詩乃、好きだよ、ずっとこうしたかったの」

美女同士のいやらしすぎるキスに、興奮のボルテージも最高潮に達する。

「ああ、お姉ちゃん、先生」

熱く締めつける肉襞の感触と、濃厚なレズプレイに太幹はもう限界だった。

胸の奥底から噴き上がる炎に理性の箍《たが》が外れ、猛然とピストンを開始する。

「お姉ちゃんっ、そんなことされたら、僕、我慢できないよっ」

「アンンッ、アアンッ、いきなりだなんて、翔太さん、そんな激しいぃ」

子供とは思えぬ雄々しい突き込みに、処女を捧げたばかりのお姉ちゃんは悲鳴をあげる。

想像を絶する淫らな光景を見せつけられ、我慢しろと言うほうが無理な話である。

「アンッ、お願いゆっくり、お姉ちゃん、初めてなのにぃ」

本来なら痛みを感じるはずが、愛する少年と結ばれた歓びが、痛覚を麻痺させているのだろう。

がむしゃらなピストンを受けても、うっとりした表情のままだ。

「んんうっ、だっておま×こがキツキツでギュウギュウなんだもん。おち×ちんが止められないよお」

「ああんっ、そんなふうに言わないで、お姉ちゃんそんなエッチじゃないのに、はああんっ」

立ち込める熱気が頭を狂わせ、若牡はひたすらに愛しい人の蜜壺を蹂躙する。

密やかなバスルームでは、美女たちの嬌声が甘美な調べとなって奏でられる。

「翔太さあん、お姉ちゃん変なの、太くて硬いおち×ちんで変になっちゃううう」

痛みがないのは、女同士の甘いキスのせいなのか、優しく触れる親友の手のひらをギュッと強く握る。

「綺麗だね、詩乃。おち×ちんにズンズンされて、アンアン言ってるキミも素敵だ」

「由梨音ちゃん、私も三人でひとつになれて嬉しい、キャアンッ」

若勃起を介してひとつに繋がることができた感慨が胸に渦巻く。

ジュブジュブと、卑猥な水音で牝膣を攪拌《かくはん》されているのは詩乃なのに、由梨音もまた切なげに声をあげる。

「はあん、翔ちゃん、もっと詩乃をズンズンしてあげて。私もなんだか感じちゃうの、アアン」

完全に発情した目で、クチュクチュと秘裂を弄《いじ》る姿はいやらしすぎる。

小悪魔な由梨音先生の自慰を見ながら、清楚なお姉ちゃんをこわばりで貫くと、牡の劣情が猛烈に煽られる。

「ううっ、お姉ちゃんも先生もエッチすぎるよお、これじゃおち×ちんがもうっ」

夢のような3Pが初体験以上の快楽を与え、極限まで膨らんだ先端は今にも決壊しそうだった。

ガクガクとこなれた腰の動きが柔襞を掻き分け、ついに子宮口へ押し当たる。

「アンンッ、そこはダメえっ」

女のもっとも神聖な場所を突かれ、さらに甲高い声を響かせる。

「お願い、それ以上ズンズンしないで。そこは翔太さんの赤ちゃんが生まれる大切なところなのお」

怒張の熱を子宮で直接感ずれば、鈴のような声で哀訴する。

「ごめんなさい、お姉ちゃん。でも赤ちゃんのお部屋、キュウッ、おち×ちんに吸いついてくるよおっ」

細いウエストをがしっと摑んで、さらに奥へ奥へ肉棒を抽挿する。

「アンッ、アンンッ、そんなにされたら、お姉ちゃん壊れちゃううう」

苦しげな悲鳴は、より快楽を求める艶声へ変化する。

揺れる美巨乳を自ら揉みしだき、しこり立った甘乳首をチロチロ舐める姿も、いやらしすぎる。

「はあはあ、お姉ちゃん、エッチすぎだよお、僕もうダメだよお、ああっ」

あまりの痴態に牡の本能が猛り狂い、腰の突き上げはクライマックスに到達しようとしていた。

「くううっ、由梨音先生、詩乃お姉ちゃん、おち×ちんがもう出ちゃう、おま×こに出ちゃうう」

パンパンと乾いた音を浴室中に響かせ、中出しのお許しを望んでいた。

悦楽に染まる幼い顔を見るだけで、詩乃は絶頂にも似た幸福感に襲われた。

「ああん、出してくれるのね、お姉ちゃんも翔太さんのおち×ちんミルクが欲しいの。んんっ、早く出してぇ」

ついに少年の精を受けられると思えば、拒否する選択などありえない。

首に腕を回し、切ない吐息の下で「出して」と、おねだりする。

「お姉ちゃんっ、そんなふうに言われたら僕、我慢できないよっ」

こみ上げる射精感を抑えきれず、猛然とスパートをかける。

幼くも激しい腰遣いは、もはやとどまることを知らなかった。

「うふふ、遠慮しないで、翔ちゃん。詩乃の中にたっぷりドピュドピュしてあげて」

詩乃に負けじと、頬を紅潮させた由梨音先生も中出しをお願いしてくる。

妖しすぎる二人の美女からの要請に、剛直はもう牝への種付けしか考えられない。

「ああっ、イクよっ、いっぱいピュッピュするよっ、お姉ちゃんっ」

「アアンッ、お姉ちゃんもダメ、翔太さんの逞しいおち×ちんでイッちゃう、イッちゃうのお……」

「ああああっ、出る、いっぱい出ちゃうっ、お姉ちゃん、お姉ちゃあああん」

浴室中に絶叫が響けば、怒張がひと際大きく膨らみ、ついに歓喜の瞬間が訪れる。

砲身からズビュズビュと白濁液を吐き出し、汚れなき処女地を犯しまくる。

「アンッ、アアンッ、おち×ちんからミルクがいっぱい、もうダメ、お姉ちゃんもどうにかなっちゃううう……」

憧れのお姉ちゃんは、美巨乳をプルプル震わせながら、エクスタシーの奔流に呑み込まれてゆく。

全身に少年の精を受け、真に愛しい人の所有物になれたことを確信していた。

「はあはあ、翔太さん、好き、大好きよ……」

強烈な絶頂のあと、詩乃は人事不省《じんじふせい》に陥っていた。

アクメの感動に浸り、切ない吐息の下で懸命に呟く。

「お姉ちゃん。すごく、すごくよかったよお、んん、僕も大好き」

欲望のすべてを吐きつくし、柔和な表情の少年は、最大限の賛辞を口にする。

「お姉ちゃんも幸せよ、こうして翔太さんとひとつになれて、はあぁ」

うっとりした顔は、いつもの優しいお姉ちゃんのままだった。

女唇からこわばりを引き抜けば、淫らに変形した割れ目からコポリと白濁液が、溢れ出る。

「ああ、お姉ちゃんのおま×こ、すごくいやらしくなってる」

痛々しいほどにおま×こを変えたのは、自身の逸物であると思うと、たとえようもない感動に襲われる。

射精したばかりなのに、若牡はさらに硬く漲りそうだった。

「ふふ、翔ちゃん、先生を忘れちゃイヤだよ」

脇から二人の交合を見守っていた由梨音が、物欲しげな瞳で訴えてくる。

「由梨音先生、ああ」

詩乃の側で妖艶な笑みを浮かべたまま、お股をぱっくり開き、濡れぬれになったおま×こを露にする。

「んん、見て、キミのおち×ちんが欲しくてこんなになってるの」

自ら秘裂に手を添え、くぱあっと開いて見せつけてくる。

すでに割れ目からはどうしようもないほどに、恥蜜を溢れさせていた。

「あうう、そんなにエッチな姿を見せられたら、僕……」

濡れそぼる花園から立ち込める牝の匂いに、怒張は限界を超えてドクンドクンと盛り上がる。

「アン、またおち×ちんがビクビクって大きく。遠慮しなくていいんだよ。次は私にしてほしいの」

息も絶えだえの詩乃の隣で、由梨音は淫らなお誘いをかけてくる。

蠱惑的な媚態に頭がグツグツと沸騰し、夢中で飛びかかってしまう。

「由梨音先生っ、そんなにされたら、おち×ちんが我慢できないよお」

湿った秘裂に太幹を宛《あて》がうと、入れてと言わんばかりに吸いついてくる。

キュウキュウと音を立てる秘粘膜に情欲が昂れば、熟練の腰遣いでひと息に貫いてしまう。

「アアアンッ、すごいの、翔ちゃんのおち×ちん、大人みたいに太くなってるう」

伸びやかな肢体を折り曲げながら、先生は若々しいこわばりに征服される。

詩乃とは違う濃密な媚肉のうねりが、たちまち絡みつく。

「くうっ、すごいや、由梨音先生。おま×こがウニョウニョしてるよお、これじゃすぐに、はああっ」

吐精を堪えつつ、カクカクと腰を突き出す。

もはや何度貫いたかわからない、由梨音の女壺を牡の剛直が驀進する。

「はあんっ、いいの、もう先生、キミのおち×ちんじゃないとダメなの。ああっ、もっとツキツキしてえ」

飽くことのない欲望に憑かれ、ピストンを繰り返す。

高鳴る艶声と水音が、夜のバスルームを、淫らで華やかな快楽の園へ変えてゆく。

時が経つのも忘れ、少年と二人の先生は、ひたすらに愛を深めるのだった。

嵐のような肉欲の狂宴から、数日が経《た》った――。

「それで、どうだったのかしら。翔太君の様子は」

漆黒のカーテンによって仕切られた薄暗い密室に、威圧的な美女の声が響く。

広いが生活感の希薄な空間には、権高な美女のほかにも、人の気配がする。

「んんっ、それは、んむう……」

美女の正体は、大胆なボンデージファッションに身を包んだ美雪だった。

優雅なアンティークチェアに座ったまま、地べたに這うもう一人を見下ろしている。

「あら、それじゃしゃべれないわね、いま外してあげる」

美雪と同じ、目の覚めるような漆黒のレザースタイルで床に寝転がっているのは由梨音である。

両腕を後ろ手に縛られ、口には拘束具を嵌められている。

「さ、これでいいでしょ。聞かせてちょうだい」

周囲に散乱する淫靡なグッズを掻き分け、口を塞いでいるボールギャグを外してやる。端麗な指に頬を撫でられながら、苦しそうな由梨音はようやく息を吹き返す。

「美雪、私はなにも、ああっ」

スリットの入ったデザインのスーツは、大切な部分がすべて丸見えだ。

指をそっと、割れ目へ差し込まれ、堪らず呻いてしまう。

「ふふ、私の知らないところで、ずいぶん楽しんだそうね。詩乃といっしょに」

淫蕩な目つきで秘割れを擦る指を、小刻みに動かしている。

「はあん、そこは強くしたら、ああっ」

刺激が強くなれば、自然と声も高くなる。

だが見上げる由梨音の顔は、どこか嬉しげだった。

「しょうがないわね、今回は許してあげる。さ、いつもみたいに楽しみましょ」

いつの間にか美雪の手には、卑猥な振動音を立てるピンク色の物体が握られていた。

嗜虐的な笑みを浮かべ、男根を象《かたど》ったバイブを、ヌチュリと粘膜へ押し当てる。

「アアンッ、ダメえっ」

美雪に責められる由梨音は、いつもの小悪魔な態度は影を潜めていた。

ただ一方的な蹂躙に、耐え忍ぶだけである。

「お願い、これ以上は……」

ふだんは仲よくチーム組んでいる美雪たちだが、裏では淫靡で退廃的な遊戯に耽《ふけ》っていた。

しかし親友兼恋人が見せる拒絶の意思に、美雪も驚く。

「まあ、いつもは歓んでくれるのに、どうしたのかしら」

拒否されたほうがより興奮するのか、Hカップの爆乳は、うっすら色づいている。

少年の逸物とは違う、冷たく無機質な異物をズブリと挿入しようとすれば、さらに甲高い悲鳴があがる。

「ああ、だってそこはもう、翔ちゃんのおち×ちんだけのものなの、んんっ、やめてえっ」

頬を染め、うっとりした表情で少年の名を呼ぶ姿は、恋を知った乙女のようだった。実際はおっぱいもおま×こも露な、セクシーすぎるボンデージスタイルなのだが。

「そう、由梨音がこんな夢中になるなんて、意外だわ」

差し入れる手を止め、微笑んだまま、髪を掻き上げる。

ふわりと舞う漆黒《しっこく》のロングヘアは、薄明かりの部屋の中でも耀いていた。

「最初とずいぶん違うのね。お子様なんて簡単に堕とせると言っていたのにね」

妖艶に口元を歪める美雪は、床の上で荒い息を吐く由梨音を気にかけてはいない。早くも、次の獲物を見定めている肉食獣のような目つきだった。

「黒木翔太君か、楽しみだわ。あの子はどんな声で啼《な》いてくれるのかしらね」

戦慄すら覚える微笑のまま、ゴトリと蜜まみれのバイブを床に落とす。

過激なレザースタイルの美女は、ゾクリとする横顔で未来への思いを馳せていた。

第四章　先生は爆乳女王様？

「すごいわ、翔太さん。たったひと月で、こんなに成績がよくなるなんて」

いつもの詩乃お姉ちゃんの部屋は、華やかな称賛の声音《こわね》に包まれていた。

ダイニングテーブルに腰掛け、ふくよかな紅茶な香りを楽しみながら、翔太ははにかむ。

「ありがとう、詩乃お姉ちゃん、いえ、先生」

直近の学力テストの成績を報告するため、再び詩乃のマンションを訪問していた。

前回より大幅に成績を上げ、学年でも一ケタの順位になったのだ。

いつも以上に気色満面なお姉ちゃんは、我がごとのように喜んでくれる。

「うふふ、これも翔太さんがいっぱい頑張った結果ね。偉いわあ」

清楚な花柄ワンピに、規格外れの爆乳というお嬢様に祝福され、自然と頰が綻《ほころ》ぶ。

「そうかな、僕がすごいんじゃなくて、お姉ちゃんの教え方が上手《じょうず》だから、むぐう」

謙遜しようとするも、突如、抱きしめられてしまう。

「そんなことないわ。全部翔太さんが頑張った結果よ。お姉ちゃんも嬉しい」

「むぎゅうう、お姉ちゃん、苦しい」

わずかな期間での成績向上に、喜びと同時に自分たちの教育方針が正しかったことが証明されたのもあるのだろう。

ご褒美の抱擁で、少年をおっぱいの海へ沈める。

「あうう、お姉ちゃん、またおっぱいが、うぐぐ」

酸欠の苦しみを覚えながらも、極上の感触に悪い気はしない。

「あら、ごめんね。あんまり嬉しかったから、つい」

青い顔の翔太をいじめてしまったことを詫びる。

もっとも、反省しているふうには見えない。

「でも、これで来月に迫った全国テストも大丈夫ね。お姉ちゃんが保証するわ」

すでにお姉ちゃんの心の中は、次のテストのことで頭がいっぱいのようだ。

元々三人の家庭教師が呼ばれたのも、この全国テストが目標だったのだから、当然ではある。

「うん、だといいんだけど……」

一瞬、不安な表情を浮かべるも、詩乃は気づいていないようだった。

(お姉ちゃん、すごくいい匂いがして、こんな綺麗な人と、僕はエッチしちゃったんだ)

あの日、愛しいお姉ちゃんと結ばれた感慨が、胸の奥で渦巻いている。

身近で美女の香りに包まれれば、湧き上がる衝動が抑えられない。

(はあ、ダメだよ、こうしてお姉ちゃんのそばにいるだけで我慢ができないよぉ)

禁断の果実を知った若い肉体が、眼前の美女を襲ってしまえと唆《そそのか》す。

「どうしたの、翔太さん、キャッ」

つらそうな表情の少年に、ようやく気づいたが、いきなり抱きつかれた。

少年を抱きしめるのは慣れていても、自分がされれば戸惑ってしまう。

「お姉ちゃん、僕……」

潤んだ瞳で見上げてくる姿は、雨に濡れた子犬ようだ。

何かを訴える真摯《しんし》な眼差しは、美少年好きの詩乃の心を強く揺さぶるのだろう。

「翔太さん、いったいどうしたの、あら、これって」

太股にゴツゴツと当たる硬い感触に、頬を赤らめる。

制服のズボンの前は、すでにどうしようもないほどに盛り上がっていた。

「お姉ちゃん、なんだか変なんだ、お姉ちゃんといっしょにいると、身体がすごく熱くて、うう……」

バスルームの一件以来、少年の変化について、由梨音からいろいろと聞いている。

性の目覚めを迎え、日々、エッチな妄想に苦しんでおり、成績低下もそれが原因なのだと教えられた。

「そんな、そうなのね、翔太さん」

学生時代から母性が強いと言われてきた詩乃にとって、欲望に苦しむ翔太を救ってあげたいと思うのは当然だろう。

「ずっとおつらかったのね、お姉ちゃんがなんとかしてあげる」

詩乃自身も願っていた少年との交合で、収まるかに思えた獣欲だが、実際は日ごとに強まっているようだ。

「ありがとう、最近はお姉ちゃんたちのことを考えると、家でも切なくなっちゃうんだ」

目覚めてしまった旺盛な欲望を鎮めるため、何とかしなければいけない。

幸い、由梨音は急用が入ったとのことで、夜遅くまでは戻らない。

いつしか昼下がりのリビングに、淫靡な雰囲気が流れていた。

「さ、いらっしゃい。お姉ちゃんがいっぱい慰めてあげる」

両手を広げ、優しく誘う。

大好きなお姉ちゃんからお許しが出れば、もう躊躇《ためら》う必要はなかった。

「ああ、お姉ちゃあん」

天使の微笑みに魂まで癒やされると、母性の象徴に顔を埋《うず》めてしまう。

「キャン、もう、翔太さんたら」

思わず声をあげるが、もちろん嫌なわけではない。

詩乃にとっても少年は、純潔を捧げたかけがえのない男性なのだ。

「おっぱい、柔らかくてあったかいよお」

「もう、翔太さんたら、あんっ、そんなに強くしないで」

じゃれつく翔太を温かく見守るが、うら若い女体も過敏に反応していた。

バスルームで自身の胎内を満たした、若く熱い牡の脈動を再び感じたくなる。

「ねえ、翔太さん」

ご褒美と言わんばかりに頬をナデナデしつつ、おっぱいに埋もれる顔をこちらへ向かせる。

「なに、お姉ちゃん」

美女二人と、あれだけ淫らな経験をしながらも、少年の瞳はいまだ無垢なままだ。

抱きしめたい衝動に駆られるが、やはり最後の交わりはベッドの上で迎えたい。

「ここで愛し合うのもいいけど、お願い、最後はベッドで愛してほしいの」

恋人におねだりするように、いや実際に恋人以上の関係なのだが、詩乃先生は求めてくる。

「お姉ちゃん……うん、僕もそのほうがいいな」

柔らかな手を握り、コクンと頷《うなず》く。

頼もしげな笑みを浮かべる幼い恋人に、お姉ちゃんの頬も朱に染まる。

「嬉しい、お姉ちゃんも早く翔太さんと……ううん、さ、こっちよ」

視線を絡ませ、場を移動しようとするが、不意にテーブルに置いてあるスマホに着信が入る。

「あら、誰かしら」

待ってて、とウインクしつつ応対する。

一瞬が数時間に感じられるような会話ののち、少年は詩乃の顔色が先ほどまでと違うことを確認するのだった。

詩乃たち三人が共同で経営する講師グループの事務所は、オフィスビル街の中にある。ビルのワンフロアを借りきっており、ふだんはここで業務の打ち合わせをおこなっていた。

「さ、着いたわ。翔太さんは先に降りててね」

タクシーで入り口前に到着すると、詩乃から降車するように促《うなが》される。

「はい、お姉ちゃん」

運転手にお礼を言いながら、エントランスへ入り、エレベータで向かう。

少年にとって、ここに来るのは二度目である。

つい数カ月前は、不安な面持《おもも》ちでこの門をくぐったが、今は自信満々だ。

「うーん、でも、美雪先生が僕に用って、何だろう」

かかってきた電話の内容は、翔太と共に事務所へ来るようにと、美雪からのお達しだった。

「お姉ちゃんも詳しくは聞いてないの。ふふ、でも決して悪い話じゃないそうよ」

なぜ詩乃といっしょにいるのを知っていたのか、素朴な疑問は湧く。

だが自信に満ちれば懸念も吹き飛ぶのか、エレベータ内で談笑に耽った。

「そっか、先生も、僕がテストで成績が上がったのを知っているんだよね」

学業が向上したのだから、叱責されるはずもない。

目当ての階に停まると、余裕の顔で受付へ向かう。

「ご無沙汰してます、中園先生」

受付の女性に執務室へ通され、ノックのあと、行儀よくお辞儀をして入る。

真っ赤な絨毯が敷き詰められたビルの一室は、まるでドラマなどで見る、重役室のような内装だ。

「ようやく来てくれたわね。待っていたのよ、黒木翔太君」

豪奢なデスクに腰掛けたまま、書類のチェックをしていた美雪が出迎えてくれる。

穏やかな笑みを浮かべているが、設立してわずか数年で、大手の学習塾にも一目置かれる手腕は、間違いなく本物だった。

「さ、そんなところに立っていないで、こっちへ来て」

執務用のデスクと、応接チェアだけの簡素な部屋だが、若い女性の所有らしく華美な装飾が施されている。

「はい、失礼します、中園先生」

ここへ来るのは初めてではないが、やはり美女を前にすると固くなってしまう。

（先生ってば、相変わらず綺麗だなあ）

挨拶もそこそこに、視線は目前の美女へ釘づけだった。

つい見蕩れていると、何かしら、といったふうに視線を合わされ、赤面して顔を逸らす。

「あら、まだその呼び方なのね。いいのよ、君になら美雪って呼んでもらえても」

口元を妖しげに歪め、不敵な笑みを浮かべるさまは、由梨音とどこか似ていた。

もっとも魅惑的すぎる二十八歳の美貌は、知的な女性の雰囲気を醸してはいるが。

「ええっ、それは、でも」

たじろぐ翔太を面白そうに観察しながら、すらりと立ち上がる。

（ううっ、美人なだけじゃなくてスタイルもよくって、ああっ、スカートも短すぎるよお）

今日は見るも鮮やかな、漆黒のスーツスタイルである。

タイトミニから伸びた生足が、見事な脚線美で少年を魅了してくる。

「うふ、冗談よ。そういう初心《うぶ》なところはかわいいわね」

甘ったるい声に虜にされ、さっきまで詩乃と戯れていたことなど忘れてしまう。

「もう、翔太さんたら、お姉ちゃんを置いて先に行っちゃうなんて」

受付で話をしていた詩乃が、ようやく追いつく。

小走りで部屋に入ってくるさまは、我が子の心配をする母親のようだ。

「はしたないわよ、詩乃。そんなに息を切らすなんて」

息の上がった姿を目にして、オンオフの切り替えのできない後輩をじろりと睨む。

きっと口を結び、優雅に佇《たたず》むスタイルは、淑女の有様を体現するように美しい。

「あうっ、すみません、先輩……」

たちまち小さくなる姿に、しかつめらしい顔つきが急に緩む。

「もう、そういうところは学生時代と変わらないのね。しょうのない子」

優秀だがお嬢様らしく、どこかおっとりしている後輩を、心の底では信頼しているようだ。

「あの、美雪先生、今日はどういう用件ですか？」

美女たちの会話を眺めるのも楽しいが、ここに来た目的を忘れてはいない。

詩乃といっしょにオフィスへ来るようにとの話だったが、どんな話があるのかは聞いていなかった。

「せっかちね、ゆっくり君とお話ししたいと思ったのに。さ、まずは腰を下ろして」

促され、革張りの上質な応接ソファに座る。

「はい、失礼します」

「先輩ったら、電話口でどんなご用ですかって聞いても、はぐらかすんですもの」

かわいらしく頬を膨らませながら、詩乃も翔太の隣に着座する。

以前、このオフィスに母といっしょに来たとき、先生たちと綿密な学習プログラムを練り上げたのを思い出す。

「由梨音から聞いたわ、キミのテストの結果を」

詩乃の不平には、耳も貸してはいない。

受付嬢が、ジュースを持ってくるのを確認しながら、おもむろに話を始める。

「私たちの指導の成果は上出来ね。まさかこんな短期間で結果が出るなんて、少し驚いたわ」

書類を眺めつつ脚を組むと、ミニスカートの隙間が覗けてしまいそうだ。

まるで少年に見て、と言わんばかりの大胆なスタイルである。

「それは、やっぱり先生たちの教え方が上手だからです」

大胆な仕草に顔を赤らめるが、褒められたのは素直に嬉しかった。

「ふふ、あなたのおかげでウチの評判もうなぎ登りよ、ありがとう」

賞賛を口にする先生は、当初の険しい顔色とは明らかに違っている。

きつめの態度に戸惑うこともあったが、それは表面上のことなのだ。

「そんなこと、お礼を言うのは僕のほうです」

ぺこりと頭を下げれば、慈しみのこもった顔をしてくれる。

美雪の実像は、たおやかな性格で、子供好きの優しい女性である。

そんな美女たちから指導を受け、めきめきと成績が上がったのは紛れもない事実だった。

「翔太さんは頭がいいだけでなく、素直でかわいいし、それに努力家ですから」

何やら意を含んだ言葉で、詩乃も賞賛の輪に加わる。

少年の肩を抱き寄せながら、まるで自慢の息子のように胸を張る。

「詩乃お姉ちゃん、ありがとう」

「あらあら、詩乃ったら、まるで翔太君のお母様みたいね。それとも恋人かしら」

美雪の発言は、からかっているのかそれとも詩乃との関係を知っているのだろうか。

目くらましのような微笑みからは、心の底までうかがい知ることはできない。

「由梨音ちゃんも翔太さんにぞっこんだし、こんな優秀な教え子は、初めてよ」

べったり張りつく詩乃は、少年は自分ものだと主張するかのようだ。

親密な二人を見れば、美雪の秀麗な瞳に一瞬、暗い影が揺らめいたような気がする。

「うう、お姉ちゃん、くすぐったい」

濃密な美女の香りに、思わず酔ってしまいそうになる。

緊張から、一気にジュースを飲み干すが、美雪の微妙な表情の変化には気づかない。

「それで今日、ここにあなたを呼んだのは、ほかでもないの」

先ほどまでの和やかな空気が一瞬で切り替わるのを肌で感じる。

打ち合わせのときもそうだったが、単刀直入に本題を切り出してくる。

「はい、なんでしょうか、中園先生……って、あれ、詩乃お姉ちゃん？」

背筋を伸ばして、応えようとするが、不意にとなりの詩乃がもたれかかってくる。

「どうしたの、いきなり、うう」

てっきり、じゃれ合いがエスカレートしたのかと思う。

だが当の詩乃は、かすかな寝息を立てていた。

「ええっ、まさか寝ちゃったの、お姉ちゃん。ダメだよ、こんなところで」

突然の寝落ちに訝《いぶか》しむが、テーブル上のコーヒーカップはすでに空になっていた。

「どうしたの、急にそんな」

慌てて崩れる詩乃を支えるが、起きる気配はない。

「んん、翔太さん……」

幸せそうな顔つきのまま、ソファの上で寝言を呟くほどに、熟睡している。

必死になって介抱する翔太を見ても、美雪は蠱惑《こわく》的な微笑を崩してはいない。

「ふふふ、詩乃はもう眠いみたいね。こんなところでなんて、ほんとしょうがないわ」

どうしたものかと考えあぐねる少年をよそに、ゆらりと立ち上がる。

絹のような漆黒のロングヘアが、陽の光を受け、妖しく耀く。

「中園先生、どうしよう、お姉ちゃん起きないんです」

懇願に応えることもなく、そっと横へ腰掛ける。

自然すぎる動作に、呆気《あっけ》にとられる暇《いとま》もない。

「眠いのは仕方がないわ、春ですもの。それよりも」

「あっ、美雪先生……」

詩乃とは違う、大人の雰囲気漂う香水が鼻腔をくすぐる。

色っぽい流し目に、思わず見蕩れると、いきなり頬を撫でられる。

「それよりも、お話の続きをしましょ」

張りつめた弓のような声が、甘ったるい猫撫で声へ変わってゆく。

肉感的だがモデルのように細い足を、これでもかと見せつけてくる。

「うう、そんなに撫でないでください」

（美雪先生ったら、お姉ちゃんが寝てるのに、そんな大胆な格好で）

身体のラインがぴっちりと浮き出たスーツは、露出が多いファッションよりも刺激的だ。

バストサイズは三人の中でも最も大きく、Hカップはありそうである。

「もう、翔太くんたら、詩乃ばっかり見てるんだもの。先生、ちょっと妬《や》けちゃうわ」

ブラインドから差し込む光すら、どこか艶めかしい。

まるでこれから起こる淫靡な出来事を象徴するようだった。

「妬けちゃうって、そんな、お姉ちゃんは僕の先生で、わぷっ」

いきなり豊満な乳房へ、抱き締められる。

濃密な女の匂いが、厳粛なオフィスをピンク色に染め上げる。

「大丈夫、詩乃ならしばらくは起きないわ。そういうふうに調合してあるの」

調合、と言ったが、何やら薬めいたものでも混入したのだろうか。

疑念を差し挟む暇もなく、さらに抱擁は強まる。

「むぐぐ、先生、お話って」

「うふふ、これが『お話』よ」

今日呼び出したのは、このためと言わんばかりにギュウギュウ締めつける。極限まで胸の谷間が強調されたデザインは、百センチは優に超えるバストをさらに魅力的に見せる。

（はあ、これが美雪先生のおっぱい、大きいのにフワフワしてて、すごいよお）

おっぱいの海に沈められ、骨抜きにされない男などいない。

うっとりする少年に、美雪も満足そうな顔を浮かべている。

「由梨音から聞いていたのよ。キミがどんなにすごいかってね」

「由梨音先生が、僕のことを？」

こんなときに由梨音の名前を出されれば、動揺はいやが上にも増す。

三人で結ばれてからこの方、人目を忍ぶように快楽を貪《むさぼ》ってきたのだ。

「そう、翔太君は優秀だけど、とってもエッチなの、ですって」

「ええっ、それって僕たちのことも」

由梨音たちとの爛れた関係を、すべて知悉《ちしつ》していたことに、ショックを受ける。

「もちろんよ、二人とも、君のことをすごく褒めていたのよ。お子様にいっぱい感じさせられちゃった、ってね」

頷く先生に、一瞬、叱られるかと思ってしまう。

しかし、妖艶な笑みを崩さない美雪は、さらに話を続ける。

「だから今日、君を呼んだのは他でもないの。エッチのテクがどれだけすごいのか、私に見せてちょうだい」

不安げな翔太にウインクすれば、しなやかな指がズボンの股間へ伸びる。

とっくに硬くなっていた若勃起は、わずかな愛撫でも反応する。

「そんなっ、僕は、あの、先生、くううっ」

「あら、ここはもうこんなにカチンコチン。もう、まだ中学生なのにいけないおち×ちんね」

鮮やかなルージュの引かれた唇が、卑猥に歪む。

平日の陽も高いうちからおこなわれる艶事《つやごと》に、逸物はいつも以上に猛り立っていた。

「怖がらなくてもいいのよ。先生が全部してあげる」

慣れた手つきで、ベルトをガチャガチャと外す。

「はあ、美雪先生、手つきがいやらしいよ」

いきなりの展開だが、少年の態度はむしろ落ち着いていた。

本来なら驚愕するはずだが、美雪の行為を期待するように眺めている。

「あら、ずいぶん冷静ね。もう少し戸惑う君も見たかったのに」

もっと動揺するかと思ったのに、拍子抜けした口調になる。

だが紅潮した頬は、昼下がりの情事への期待に満ちていた。

「だって、先生の目つきがとってもいやらしかったから」

初めてこの部屋に入ったときから、美雪の視線はどこかおかしかった。

由梨音や詩乃と同じように、いや、それ以上に好色な目つきをしていたのだ。

「まあ、翔太くんたら」

本心を見透かされたことがくやしいのか、横顔を子供のように膨らませる。

でもなぜか、嫌な気分ではなかった。

「さあ、僕を脱がせてください、先生」

女性にのしかかられ、襲われるような体勢だが、すでに上位に立とうとしている。

「んん、そんなふうに私に命令するなんて、君が初めてよ」

十五も年下の子供に指図され、プライドの高いはずの美雪でも、なぜか従ってしまう。

美女たちと身体を重ねてきた経験が、少年を性の狩人として目覚めさせていたのだ。

「それじゃあ、脱がすわね」

潤んだ瞳のまま、ズボンを脱がし、期待を込めつつ、パンパンに膨れ上がったブリーフも下ろす。

拘束を解かれ、たちまちバネ仕掛けのようにブルンッと若牡が跳ね上がる。

「キャン、なんて逞しいおち×ちんなの」

かわいい声を発する姿は、初めて男根を目にする乙女のようだ。

色こそ初々《ういうい》しいピンクでも、すでに皮は剝けきり、子供の逸物に見えぬほどだった。

「聞いていた以上ね、こんなにおっきいだなんて。ああ、すごいわ」

血管が浮き出るほどこわばった怒張は、威圧するように肥大化している。

日ごろはクールな美雪先生も、思わず頰が緩む。

「僕のおち×ちんをどうしたいの、先生？」

ズボンを脱がされ、下半分を裸にされても、支配者のごとく悠然とソファに腰掛けている。

あどけない容姿に剛直をそびえさせ、尋ねる。

「翔太くんたら、いつの間にそんな態度で。ああ、でも何かしら……君にそう言われて嬉しいの」

少年を見上げながら視線を絡ませる光景は、ご主人様と淫らな女奴隷といったふうである。

実際は、妙齢の美女と年端もいかない少年という組み合わせなのだが。

「アン、したいの。あなたのおち×ちんにご奉仕したい」

煌めくネイルの入った指で、愛しい人の剛直を擦り立てる。

すぐ側では、詩乃が穏やかな顔で眠っているというのに、もう二人の世界に没入していた。

「ううっ、いいよ、先生。おち×ちんをもっとシコシコして」

美女の白い指でシコシコしてもらえるのは、自分でしごくより何倍も心地よい。

つい腰を浮かして、もっと擦るように求める。

「翔太くんたら、そんな気持ちいいお顔をして。うふふ、もっと気持ちよくしてあげる」

美雪としても、少年の感じた顔が嫌なはずもない。

さらにエスカレートすべく、ジャケットを脱ぎ、ブラウスのボタンを外す。

「見ててね、翔太君の大好きなものでしてあげる」

ブラウスの隙間から覗く黒下着はレースに縁取られ、貴婦人のような高貴さが漂う。

百十センチのHカップは優にあろうかという豊麗な双丘に思わず息を呑む。

「美雪先生、すごい……」

「おっぱい、好きなんでしょ？　ふふ、詩乃たちとのエッチでも、いつもおっぱいに夢中なのは聞いているんだから」

夜ごと、詩乃のマンションでおこなわれる愛の営みは、すべて筒抜けだったのかと思う。

コクンと素直に頷けば、ご褒美とばかりにブラのホックを外す。

眼前でプルルンと音を立て、弾むように規格外の爆乳が飛び出てくる。

「おっぱい、はあ、こんなすごいおっぱい僕、初めて……」

詩乃と由梨音のおっぱいよりも、さらにふくよかで艶やかだ。

大きいだけではなく肌理《きめ》細かな白い肌は、漆黒のロングヘアと対照的な美しさを誇っている。

「うふ、どう、先生のおっぱい。詩乃や由梨音よりも綺麗でしょう？」

いずれも甲乙つけがたい美女ばかりだが、それでも美しさを競いたいのは女の性《さが》なのだろう。

「はい、白くて大きくて、とっても柔らかそう」

圧倒的な迫力に呑まれた少年は、ただ頷くしかない。

クールビューティを気取っても、お世辞には弱いのか、頬を歓びで紅潮させていた。

「今からこのおっぱいで、君を昇天させてあげる。さあ、召し上がれ」

誇らしげに爆乳を持ち上げ、巨大なマシュマロのような膨らみを、赤熟した先っちょへ被せてゆく。

「はうっ、あああっ、おっぱいが、おっぱいがおち×ちんにいい」

プニュニュンッと音を立て、こわばりを呑み込む。

巨大な肉塊が織りなす快楽に、思わず大声をあげてしまう。

「ううん、翔太さん……」

「あっ、詩乃お姉ちゃん？」

不意に寝言を呟く詩乃に、思わず起こしたかと思う。

だが、安らかな寝顔は、いまだ穏やかなままである。

「うふ、そんなに詩乃が気になるのかしら。今、私が忘れさせてあげる」

婀娜《あだ》っぽい笑みを浮かべると、おもむろに肉棹を包んでいた柔らかすぎる双丘を上下させる。

「ううっ、おっぱいがニュルニュルして、何これっ」

詩乃たちと爛《ただ》れた関係を繰り広げてきたが、パイズリなど生まれて初めて受ける。

ましてHカップの爆乳で挟まれる性感は、想像を絶していた。

「はああ、おち×ちんがグニュグニュされて、おっぱいの中で溶けちゃうよお」

淫らに変形する柔乳にしごかれ、美女たちと浮名を流した逸物も形無しだ。

おま×こに挿入した以上の悦楽に襲われ、豊乳の中で悲鳴をあげる。

「歓んでくれたみたいね。先生のおっぱいで満足しなかった男の子はいないのよ、アンッ？　何これ」

ご自慢の美巨乳でマウントを取るかに見えたが、若牡は乳海を攪拌《かくはん》するように雄々しく屹立する。

「んんっ、私のパイズリでこんなに硬くなるなんて、これが本当のおち×ちんなの」

柔肌を力強く押し返す肉棒の硬さと熱に、純白の美乳も赤く色づく。

幼い子供など、自慢のパイズリでイチコロと思っていたのに、早くも立場は逆転しそうだった。

「うう、もっとスリスリして、美雪先生」

「アンッ、動いちゃダメよ、先生が全部してあげたいの」

あまりの心地よさに腰を動かせば、爆乳の隙間から先っちょが顔を覗かせる。

どこかユーモラスなその仕草に、美雪の中の母性も疼いていた。

「もう、感じてる顔はとってもかわいいのに、おち×ちんはとっても逞しいのね。もっとしてあげたくなっちゃう」

爆乳に両手を添え、揺りかごのように肉勃起をよしよししてあげる。

赤児をあやしたことなどなくても、女の中にある欲望は、母性と一体となっているのかもしれない。

「いいよぉ、すごくいいよぉ。これがパイズリなんだ」

うっとりしながら、ご奉仕する先生を夢中で見守る。

「僕、こんな気持ちいいのはじめて。先生、大好きだよお」

下半身から湧き上がる快感に、歓びを与えてくれた先生への愛しさが募る。

「調子がいいのね、翔太君ったら。詩乃や由梨音にも大好きって言っていたくせに」

移り気な少年の心底を、見透かすような流し目である。

その艶めいた大人っぽい仕草に、ゾクリとする。

「それは……でも、美雪先生も大好きなだもん」

わずかの間に複数の女性と関係を結んだ少年にとって、肉欲と愛情は一体となっていた。

虫のいい話だが、今の美雪には少年の幼ささえ、好ましく思えてしまう。

「いいわ、こんな元気いっぱいのおち×ちん、先生も初めてだもの。たっぷり愛してあげる、んちゅうう」

「はああっ、吸っちゃダメえっ」

隙間から顔を覗かせる先っちょへ、熱烈なキスを受け、欲棒がビクンッと体積を増す。

チロチロと舌を絡められ、怒張は臨界寸前まで高まる。

「んふふ、先っちょからおつゆがいっぱい。若いっていいわね、ンむう」

腫れ上がった筒先を、軟体動物さながらの粘膜がヌロヌロと這い回る。

柔乳による肉茎しごきに加え、吸い取るようなフェラまでお見舞いされてはたまらない。

「くす、またビクンて大きくなったわ。もうすぐ出ちゃいそうね」

こわばりが自らの胸乳の中で肥大化すれば、少年のすべてを受け入れてあげたくなるのだろう。

「先生、おち×ちんがもうっ、おっぱいとお口が気持ちよすぎるよぉっ」

あまりの快楽に、天を仰ぎながら訴える。

こみ上げる射精感から。自然と腰の突き上げも激しくなってくる。

「んんっ、んむうっ、翔太くんたら激しい。この激しさで由梨音や詩乃をメロメロにしたのね」

長大な逸物でいきなり喉奥を犯され、思わず嘔吐《えず》く。

だがその苦痛も、少年の射精を見られると思えば、歓んで受け入れられる。

「むうう、んちゅうう、出していいのよ、キミのおち×ちんがドピュドピュしちゃうところを見せてえ」

「先生っ、またそんなに深くうっ」

飛躍的に感度を増す剛直は、もういつ果ててもおかしくはない。

おっぱいの中で最後を迎える決意を固め、ただひたすらに怒張を上下させる。

「はあはあ、もうダメ、出ちゃう、先生、先生、せんせいっ」

「アンンッ、またおち×ちんが太くう、早く出してえ」

「あああっ、せんせいっ、出るうう……」

ひと際膨らんだ剛直が、豊穰の世界の中で弾けていた。

砲身からブビュブビュと粘性のある液体を放出し、昼下がりのオフィスを猥褻な空間へ塗り替える。

「ああん、こんなにいっぱい、まだまだたくさん出るのね」

少年の逞しさを讃える美女は、うっとりした顔で吐精を見つめていた。

流れ落ちる精液を一滴残らず受け止めようと、舌を差し出して吸おうとする。

「んふ、んんう、ふう、とっても濃いわあ、キミの精子」

牡の精には女の発情を促《うなが》す成分でも含まれているのか、火照った頬がさらに赤くなる。

口元を妖しく濡らした姿は、もはや先生ではなく、淫らな一人の女だった。

「はあ、先生……」

吐精の倦怠感に浸りつつも、魅惑のルージュに、再び欲望が燃え上がる。

「あら、どうしたの、翔太君、アンッ、ンむうう」

身を起こすと、有無を言わさず唇を奪う。

「アン、強引ね、まだ中学生なのに、んんん」

その中学生にねっとり舌を絡められ、夢中で粘膜を擦り立てている。

長い睫毛がキスの官能で、かすかに震える。

「先生、美雪先生、んちゅうう」

「んふうう、いいのよ、美雪って呼んでも。君にならそう呼ばれてもいいの」

もはや二人の目には、隣で寝入る詩乃の姿は入っていない。

一対《つい》の牡と牝になり、爛れた愛欲を貪り合っていた。

「美雪さん、じゃあ、ここはどうかな」

大胆にも少年の指が、スリットの入ったタイトミニの隙間へ伸びる。

「アアンッ、そこはっ」

敏感な部分を撫でられ、二十八歳の成熟した女体が跳ねる。

ブラと同じ色の黒いショーツは、男の手を歓迎するように、もう湿っていた。

「はあ、いっぱい濡れてるね」

「アン、もう、それ以上はダメよ、まだ子供のくせに、はああんっ」

指の動きを速めれば、途端に甲高い声で鳴いてくれる。

シルクの肌触りに欲望を刺激され、さらに奥へ差し入れたくなる。

「キャンッ、そこは敏感なの、もっと優しくして、ああん」

クチュッ、と粘膜のぬめりが指に絡みつき、甘美な囀《さえず》りがこだまする。

「美雪先生ったら、そんなかわいい声で、ああ、たまらないよお」

耳に心地よく響く悪魔の調べは、牡を禁断の悦楽へ誘うようだ。

精を放ったばかりのこわばりが、あっという間に漲《みなぎ》り、もう我慢できない。

「美雪先生っ、僕もう、おち×ちんがダメだよっ」

下半身から湧き上がる衝動のまま、ソファの上へ押し倒す。

「キャッ、翔太君？」

広い応接用のソファは二人分の体重をパフン、と優しく包み込む。

真っ赤な革張りシートの上で、漆黒のスーツの美女が不敵に笑う。

「もう、いつもこんなふうに強引なのかしら。まさか君みたいな子供に押し倒されちゃうなんて」

台詞と裏腹に、昂揚した口調は襲われるのを楽しんでいる。

はだけた胸元に、太股に食い込むタイトなミニスカートが今すぐ食べてと、誘ってくる。

「ああ、だって、先生がこんなに綺麗なのがいけないんです」

いきなり美脚を広げれば、お股の間に顔を埋める。

「きゃあんっ、スカートに顔を突っ込まないでぇ」

さすがに恥ずかしい部分に密着されれば、少女のような声をあげてしまう。

反射的に腰を引いてしまうが、少年にはかまうそぶりはない。

「んん、これが美雪先生の匂い、はあ、頭がクラクラするよお」

成熟したおんなの香りを鼻腔いっぱいに吸い込み、漆黒の布地の感触を堪能する。

洗練されたスーツ美女を、意のままにする歓びに酔いしれる。

「そんなにクンクンしないで、お勉強はできるようになったのに、悪い子ね」

幼児を窘《たしな》める母のような穏やかな声だが、こんな淫らな母親などどこにもいない。

「ああ、先生のおま×こ、早く見たい」

蜜で湿った黒い布地を指でずらし、隠された花園を露《あらわ》にしようとする。

「うふ、そんなにわたしのおま×こが見たいの、しょうのない子」

おそるおそるレースで飾られたクロッチを変形させれば、鮮やかな花びらが展開される。

「これが美雪先生のおま×こ……すごい、薔薇の花みたい……」

思えば処女の詩乃だけでなく、由梨音もまた、楚々《そそ》とした慎ましいめしべだった。

しかしもっとも年長の美雪は、虚空に咲く大輪の花のような風情《ふぜい》がある。

「そんなふうに言ってくれるのは、君が初めてよ。幻滅しちゃうかと思ったのに」

少年の素直で純粋な反応に、二十八歳の女心もときめく。

感情に合わせるように、熟した小陰唇がヒクリと動くのも、いやらしい。

「これが大人の女の人のおま×こ、んちゅうう」

女王の品格を持った蕾の中心へ、かしずくようにキスを捧げる。

「アアンッ、いいわ、翔太くうん」

想いのこもった熱烈な口づけに、麗しい嬌声があがる。

うっとりした顔でクンニリングスを受け入れるあたり、困惑するだけだった詩乃たちよりも経験はありそうだ。

「んんっ、ペロペロ上手《じょうず》よ、お口がとっても熱いの」

茂みを掻き分け、甘露の湧き出る泉を懸命にほじくり返す。

先生たちと繰り返してきた淫らな授業のおかげか、子供とは思えぬ舌技で責める。

「ちゅうう、美雪先生のおま×こ、お姉ちゃんたちとぜんぜん違う味がする」

溢れる恥蜜は、少年の頭を狂わせ、ひたすらに奉仕することしか考えられない。

「ふふ、どうかしら、先生のお味は？　アンッ、そこは強くしちゃダメよ」

動じないように見えた美雪先生も、執拗なクンニに我を忘れてしまいそうだ。

細く長い美脚は官能に耐えられず、小刻みに痙攣している。

「すごいわ、まさか君みたいな子供にこんなに感じさせられるなんて、はあんっ」

秀麗な眉を顰《ひそ》めながら、十五も年下の少年の舌技に感じ入っている。

悦楽の階梯《かいてい》を登るたび、声は上ずり、愛蜜が溢れてくる。

「ちゅうう、んむう、先生が感じてくれて僕も嬉しい、もっとペロペロしてあげるね」

「キャンッ、もう、調子に乗らないで、はああんっ」

生意気な口をきく子供につい反駁《はんばく》したくなるが、与えられる歓びの前に何も言い返せない。

「ああ、いけないわ、わたしは先生なのよ、このままじゃ……」

さすがに余裕がなくなってきたのか、頬は火照り、瞳が潤む。

由梨音や詩乃を手玉にとってきた手練手管《てれんてくだ》を、改めて思い知らされていた。

「美雪先生のおま×こ、ヒクヒクしてていやらしくて、早くここにおち×ちん入れたいよお」

若さに漲る肉棒は、一度の吐精ぐらいでは満足しそうにない。

むしろ一刻も早く、眼前の牝を制圧しろと、少年を焚きつける。

「もう、翔太君たら、そんなに私としたいのね。おち×ちんをギンギンにさせて」

おっぱいに包んだだけで、あれほどの存在感を誇った太幹を自身の内に迎え入れたら、どれほどの快感があるのか。

想像するだけで、女の情念が燃え上がる。

「ああん、ペロペロはもういいでしょ。早く君の逞しいおち×ちんが欲しいの」

しかし年上のプライドとして、最後の瞬間は自身の主導で迎えたかった。

牡を惹きつける気怠げな表情で、交合へ誘う。

「先生、うん、僕も早く入れたい」

欲望を刺激する淫蕩な表情に、コクリと頷く。

ベッドテクには精通していても、心根は素直な少年のままだ。

「いい子ね、翔太君は。じゃあ、こうして、ね？」

子供らしい反応に嬉しくなれば、やんわりと肩を摑んで、ソファへ押し倒す。

「あっ、先生？」

怪訝《けげん》な顔つきの少年へ微笑むが、自身が上になる体勢は崩さない。

「あら、女が上のスタイルのは経験ないのかしら？」

「それは……はい」

由梨音も詩乃も、常に自分が優位に腰を動かすことで圧倒していたせいか、不安げになる。

「くす、その顔もとってもかわいいわ。大丈夫よ、とっても気持ちいいのよ」

一度上に立てばこちらのものと、思っているのだろう。

胸元も露なセクシー美女に見下ろされ、興奮しない男などいないのは確かだ。

「美雪先生、はあ、女の人ってこんなにいやらしいんだ」

女性からの積極的な行動は意外だが、いざ上に立たれれば、つい甘えたくなる。

「先生、早くしてよお、おち×ちんが切ないよお」

「あらあら、急に赤ちゃんみたいになったわね、でも」

ソファの上で男に跨がり、いやらしく腰を動かし、そそり立つ怒張を握りしめる。

「ううっ、キュウッ、てされたら」

「でも赤ちゃんは、こんなにおち×ちんを大きくしたりしないわ。いけないおち×ちんね」

嫣然《えんぜん》と微笑みつつ、キュウキュウとしごき立てる。

すでに大量の先走りを溢れさせ、早く入れたいと訴えている。

「うふ、そのままじっとしててね、くううっ、熱いわ、君のおち×ちん」

濡れそぼる割れ目に怒張の先端を宛《あて》がえば、すさまじい熱量に身震いする。

これほどのエネルギーを持った男根に出会うのは、美雪自身も初めてなのだろう。

思わず見事にくびれたウエストラインを、悩ましげにくねらせてしまう。

「ああ、僕のおち×ちんが、美雪先生のおま×こに呑み込まれるよぉ」

騎乗位の体勢では、こわばりが女陰に埋没するのがよく観察できる。

ずらしたショーツの隙間へ、いきり立つ肉棒がクチュリと音をさせつつ、貫こうとしていた。

「さあ、これからが本番よ。今、天国へ連れていってあげる」

妖艶な女神の如く、艶めいた流し目と共に、満を持して腰を下ろす。

「んんんっ、アンッ、アアアンッ、元気いっぱいのおち×ちん、すごいわぁ」

グチュグチュとこの上もなく猥褻な水音と共に、怒張が媚肉を貫いてゆく。

「くううっ、これが先生のおま×こなんだ、はああっ」

欲棒を迎えた衝撃で細いウエストが、バレリーナのように折れ曲がるさまは、壮観のひと言に尽きる。

厳粛なオフィスの一角で少年の上に跨がり、ビクビクと震えていた。

「はああ、ふう……ふふ、どうかしら、先生のおま×こは」

こわばりをずっぽり呑み込みながら、勝ち誇ったように見下ろしてくる。

だが態度と裏腹に、頬は紅潮し、結合した感動に酔いしれていた。

「はい、ヌルヌルして、ギュウギュウで、すっごく気持ちいいです」

切なげに呻く少年は、女性に跨られるのも悪くない、といった表情だ。

「よかったわぁ、君に気に入ってもらえて、んんっ」

名器であることに自信を持っているせいか、当然でしょ、と言いたげな顔つきである。

「でもこれぐらいで満足しちゃダメよ。先生が本当の女を教えてあげる」

ひとつにつながることで、美雪先生の表情は魔性の光を帯びていた。

最初は緩やかに、だが次の瞬間、しゃぶり尽くすような腰の動きが展開される。

「先生っ、美雪先生っ、ううっ、何これっ、ツブツブがおち×ちんに吸いついてくるよおお」

癒やすように包んでくれた詩乃、熱烈なキスみたいだった由梨音とは違う、媚肉のうねりに、精のすべてを吸い取られそうになる。

牡の感じるポイントを、熟知している締めつけだった。

「これじゃあすぐに出ちゃうよお、ああっ、いきなりキュってされたら」

弱音を吐く少年を咎《とが》める柔襞が、複雑極まる蠕動《ぜんどう》で締めつける。

「ウフフ、ダメよまだ出しちゃ。お楽しみはこれからなんだから」

少年を見下ろす凄絶な笑みは、息を呑むほどに美しい。

やはり由梨音たちとは異なり、女壺の蠢きもコントロールできるのだろう。

「先生、ああ、そんな目で見られたら、僕……」

魂まで囚われるような瞳の色に、もう何も言い返せない。

「ふふ、そのままじっとしてなさい。ああん、若いおち×ちん、最高っ」

おとなしくしている少年に満足すれば、腰の回転はさらに速まる。

少年の胸に手を突きながら、卑猥な旋回に夢中になる。

「はあ、どうかしら、詩乃や由梨音よりも気持ちいいでしょう？」

少年が詩乃や由梨音と交わったことに、多少の嫉妬心があるのかもしれない。

凄味すら感じさせる笑みで尋ねられれば、答えないわけにはゆかない。

「そんなこと聞かれても、あああっ、はい、お姉ちゃんたちより気持ち、いいですう……」

ほかの二人より勝っていると言われたのが嬉しいのか、少女のように瞳を輝かせる。

「そうよねっ、先生のほうが気持ちいいのね。嬉しいっ、嬉しいわあ、はあああんっ」

「あああっ、また速くう」

歓びを爆発させ、腹の上で淫らなダンスを繰り広げる。

男を組み敷くことに、興奮を覚える性質なのだ。

「ううっ、おま×こがグリグリって、おち×ちんが削られちゃううう」

「アン、削ってるのは君のほうよ。先生の膣内をこんな逞しく拡げるなんてえ」

しかし、いつしか美雪も、幼くも逞しいこわばりに夢中になっている自分に気づく。優位に立つかに思われた騎乗位だったが、溢れる若さの前に、こちらが先に達してしまうかもしれない。

「ああ、何なのこれ、いいわあ、太くて硬くて、んんっ、夢中になっちゃいそう」

「あううっ、先生っ、そんなに激しく動いたらっ」

あまりの激しい腰振りに、もう我慢がならなかった。

くびれたウエストをがしっと摑み、下から雄々しい突き上げを開始する。

「ええっ？　ダメよ、翔太君、動くのは私だけなのよお、アアアン」

自ら腰を動かすことで、二人の美女をイかせてきた少年にとって、されるがままというのは性《しょう》に合わない。

逞しく牝を制圧してこそ、牡の尊厳は守られるのだ。

「はあはあ、だって美雪先生のおま×こ、気持ちよすぎだよお、これじゃあおち×ちんがたまらないよっ」

「キャアアン、こんなに子供のおち×ちんが太いなんて、こんなの初めてえ」

予想外の反撃に、小娘のようにたじろいでしまう。

責められることに慣れていないのか、猛々しいピストンを受け、明らかに動揺していた。

「おっぱいもこんなに揺れて、いやらしい、はむうっ」

「アンンッ、いきなり吸っちゃダメえ」

たわわな爆乳が吸ってもらいたそうに揺れれば、しゃぶりつくのは本能である。身を起こし、たっぷりの唾液を含んだ口腔で、チロチロレロレロと舐め回す。

「そんなにチュウチュウしないでえっ、んんっ、とってもいいの……」

「はあ、んちゅうう、おっぱい、甘くて美味しい」

プックリといやらしく浮かび上がった乳頭を、舌でコリコリすれば、さらにしこり立ってくる。

さっきまで逸物をあやしてもらっていた美巨乳に、全力で感謝を捧げる。

「欲張りさんね翔太君は。ああ、おち×ちんでズンズンされながら、おっぱいチュッチュされて感じちゃううう」

乳房の大きさは母性の強さに比例するのか、いつしか瞳には慈愛の光が灯《とも》っている。いちおう、由梨音たちと交わった少年の様子を見るという建前なのだが、もう最初の目的は消え去っていた。

「ああ、すごく大きなおっぱい、この揉み心地も最高だよ」

「もう、お世辞なんて言われても、はああんっ、激しくしないでぇ」

剛直に貫かれながら、なんとか主導権を取り返そうとしても無駄だった。

天を衝く若牡の雄々しさに、ただただ翻弄される。

「アンッ、アンッ、アアンッ、いいの、もっと君のおち×ちんで突いてぇ」

由梨音たちが夢中になったのは、少年のかわいさだけではないことを、今こそ確信していた。

幼さと雄々しさの同居した魅力に、立場も年齢差も忘れるほど没入する。

「はあ、美雪先生、綺麗だ、とっても綺麗だよお」

強烈な突き上げのたび、漆黒のロングヘアが舞うさまは、思わず見蕩れるほどだ。

女神の淫らな演舞に、お世辞ではなく本心からそう思う。

「翔太君、君にそんなふうに言ってもらえて幸せよ、はああん」

Hカップバストを揺らしながら、昇りつめる艶姿にゾクリとすれば、ぽってりとした真っ赤な唇を奪う。

「ああっ、先生、ンむううう」

「アン、翔太くうん、んちゅううう」

肉棒で蜜壺を犯し、口腔粘膜で愛を深め合う。

舌を絡め、エキスを交換すれば、頭にピンクの靄《もや》がかかり、肉欲を貪ることしか考えられない。

「むちゅうう、はああ、先生、もうおち×ちんが我慢できないっ、今すぐピュッピュしたい」

「んんん、いいのよ、いっぱい出して、先生に君のミルクで種付けしてぇ」

先生が教え子に求めるには少々過激だが、心根には優しさがこもっている。

あとはただ、絶頂への階梯を駆け上がるだけだった。

「先生っ、ああ、たまらないよぉ、もう限界っ」

ガンガンと砲身を打ちつければ、湧き上がる水音が淫らな調べとなって響き渡る。

「アンンッ、いいわあ、すごくいいの、先生、君のおち×ちんに夢中になっちゃいそうよお」

負けじと美雪も腰をグリグリ動かし、こわばりから精の一滴までも絞ろうとする。

豊満な乳房へ頭を抱きしめ、細い脚を巻きつけて、全身でおねだりをしてしまう。

「ううっ、ギュッてされたら息が……」

顔面を塞ぐ巨大な膨らみに圧迫され、酸欠と戦いつつもピストンは止まらなかった。

勇んで柔襞を切り裂けば、剛直は最終目的地である子宮口を突く。

まれる。

「ああっ、もうダメ、先生の中に出ちゃう、いっぱい出ちゃうう」

ググッと膨らんだこわばりが臨界を越え、ついに官能の爆発が起こる。

頬を染めた先生が呆けた牝声をあげれば、頂点への呼び水となる。

「はああんっ、ショタおち×ちんが奥に届いてるうう」


びゅるんびゅるんと、速射砲のように打ち上げられる精が、しとどに子宮へ注ぎ込まれる。

「アンンッ、アアアンッ、私ももうダメぇ、ショタち×ぽでイッちゃうのお」

全身が精の洪水に呑み込まれる快楽を夢想しながら、淑やかな美女は果ててゆく。

「先生、先生っ、美雪先生っ、大好きだよお、あああっ」

「翔太君、翔太君、翔太くうんっ、あああっ、先生も来ちゃうううう……」

ありえないほどの官能が二人を襲い、ほぼ同時に絶頂を迎えていた。

互いの法悦に浸る顔を見つつ、天上の楽園へ導かれる。

「はあはあ、先生、気持ちよすぎるよお、腰が止まらないよ」

「アン、まだおち×ちんの先っちょからピュッピュしてる」

とどまること知らない若い欲望は、白濁液を放出しながら女神の聖域を犯し尽くす。

ぴったりと固く抱き合いながら、病的にヒクつく牝襞の中を蹂躙している。

「うふふ、こんなにいっぱいピュッピュしちゃって、デキちゃったらどうするつもりかしら？」

避妊もせずに交わればどんな結果になるか、本当に反省するのは美雪のほうである。

だが、そんなそぶりを微塵も見せず、妖しい笑みで頭をナデナデしていた。

「それなら嬉しい。先生みたいな綺麗な人に、僕、赤ちゃん産んでもらいたいな」

「まあ、翔太君たら、うふふ」

絶頂後の火照った頬のまま、穏やかな表情で見つめ合う。

あどけない少年に子作りをおねだりされれば、もう自身の置かれた立場など、どうでもよくなる。

「おち×ちんもまだ大きいままだし、ねえ、私のマンションはすぐ近くなの。今からそこに行きましょ」

大きめのソファであっても、やはり本格的に愛し合うには限界がある。

ましてやここは、ほかに人もいるオフィスビルの一室なのだ。

「ええ、でも、まだ詩乃お姉ちゃんが」

突然の、淫らな提案に驚く。

チラと詩乃へ視線をやれば、いまだぐっすりと、寝息を立てていた。

このままにしていけば、気づいたときにどう思うだろう。

「大丈夫よ、受付の子には話をしておいたから。詩乃には君の具合が悪くなって送ってあげたって、言っておくわ」

美雪の微笑には、有無を言わさぬ迫力があった。

今なお甘く締めつける柔襞が再び蠢き、はいと頷くよりほかはない。

「いい子ね、車を呼んであるから、すぐに着くわ」

従順な態度に満面の笑みを浮かべ、チュッと頬にキスする。

いやらしい音を立てつつ結合を解けば、こわばりは名残《なご》り惜しげにビクンと震える。

「さ、行きましょう」

「はい、先生……」

横目で安眠する詩乃を見ながら、申し訳ないと思いつつも、差し出された手を握る。

(美雪先生の手、柔らかいのにしっとりしてて、なんだか夢中になっちゃいそう)

誘われるまま、快楽の宴《うたげ》を中断する。

静寂を取り戻したオフィスは、清楚な美女の息遣いだけしか聞こえない。

場所を移し、少年と上司が再び爛れた欲望に染まることも知らず、穏やかな陽光に晒されていた。

第五章　僕はペットなメイドさん

市街の中心にあるタワーマンションの上層階、漆黒の夜景が広がる窓辺に、小さな人影が浮かんでいる。

「あ、流れ星」

手のひらを窓に押し当て、食い入るように夜空を眺めているのは翔太だった。

すでに夜の十二時を回っており、子供が起きているのは、不自然な時間帯だ。

しかも、全裸のままである。

（お願いします、お姉ちゃんや先生ともっと仲よくなれますように。あと、テストの成績も上がりますように）

目をつぶって、少々欲張りなお願いをする姿は、子供らしかった。

広いが薄暗い部屋は、ほのかな月の光に照らされ、淫靡な色調を帯びていた。

明かりの落ちた室内でも、華麗なカーテンの紋様が、住人の高級志向を反映している。

「あら、何を見てるのかしら、翔太君？」

聞き慣れた声に振り向くと、神々《こうごう》しい肢体が目に入ってくる。

総レースのセクシー黒ランジェリーを纏《まと》った美雪が、悠然と立っていた。

乳房も花園も、大切な場所以外はほぼ丸見えという、大胆なスタイルである。

「美雪先生。流れ星が見えたから、お願いしてたんです」

目の覚めるようなハイグレードのマンションは、美雪の住まいだった。

オフィスで交わったあと連れ込まれた先は、一流ホテルのスイートもかくやといった豪奢な寝室だった。

「まあ、お願いだなんて、子供みたいね」

部屋に着いてからというもの、時が経つのも忘れ、愛欲を貪《むさぼ》っていた。

いちおう、先生に直接指導を受けるという名目で、両親の承諾はとってある。

「ついさっきまで、あんなに激しく愛し合ったのに、まだお子様なのかしら」

広いテラスに面した窓から、夜空を見上げる少年を、穏やかに見守っている。

「そんなことより、ねえ、翔太君」

官能の残り火を再び灯《とも》すように、ぴたっと身体を密着させてくる。

「あうっ、先生っ」

背中に美女のぬくもりを感じ、思わず声をあげる。

身長差から、首筋に豊満すぎるHカップが当たり、興奮はいやが上にも高まる。

「まだまだおち×ちんは満足してないでしょう。さっきの続き、したくない？」

激しい営みの反動か、物静かな顔つきでも、瞳の奥には淫蕩な炎が宿っている。

翔太も煌びやかなシャンデリアの下での交わりなど、初めての経験だった。

ゴージャスな雰囲気が、悦楽の感動をいつも以上に高めていた。

「んん、おっぱいをそんなにグリグリ押しつけられたら」

キュムキュムと弾むような双丘の感触は、つい先ほどまで繰り広げられていた、爛《ただ》れた痴態を思い出させてくれる。

萎え知らずの若牡はムクムクと盛り上がり、再び体積を増す。

「小さいのに、ベッドではとても逞しくって、うふふ、でもそれが君の魅力よね」

妖艶な笑みのまま、背後からぬっと手を伸ばす。

「ああ、先生……はうっ、そこはあっ」

もうとっくにいきり立っている肉棒をキュッと握り締める。

「あら、もうこんなにビンビン。さっきは五回も出したのに、やっぱりまだ若いのね」

鋼《はがね》の如く反り返る肉勃起に、相好《そうごう》を崩す。

少年の真っ赤に膨らんだ怒張に、美女の白い指が絡まるのは、たとえようもなくいやらしい。

「いけない子ね、先生におち×ちんをシコシコされてカチカチにしちゃうなんて」

「くうっ、そんなにキュウキュウされたらっ」

大きさを測るように、スナップをきかせた手つきでしごき立てる。

手のひらを押し返す剛直の雄々しさに、二十八歳の熟した女体も疼いてしまいそうだ。

「こんなに素敵な男の子、君が初めてよ」

「ああ、そんなにシコシコしないで……」

妖しい瞳が、真実の光を帯びれば、美雪の胸に乙女のような純粋な想いが湧き上がってくる。

「ねえ、知ってる？　私の部屋に男の人を入れたの、翔太君が初めてなのよ」

想い人に告白する少女の面《おも》持ちで、美雪は肉棒をしごく指に力を込める。

これまで多くの少年と交わってきたが、自室に招いて愛し合ったのは、翔太が初めてだったという。

「ええ、それって、ああっ、おち×ちんギュッてしないで」

恥じらいを隠すためなのか、肉茎をしごくスピードを速める。

「うふふ、それ以上は聞かないで、女の大切なヒ、ミ、ツ、なんだから」

本来、大人の女性が子供に愛を告げるなど、プライドが邪魔をする。

頬が染まっているのは、薄く引かれたチークのせいではなかった。

「はい、先生……」

少女みたいに恥じらう先生を見れば、それ以上問いただすことはできない。

「はあ、指でシコシコされるの、気持ちいい」

ただ爆乳に顔を埋《うず》め、うっとりした表情でされるがままになっていた。

「かわいいわ、翔太君。このままずっと、私といっしょにいましょうね」

淡い光が灯るスタンドライトに照らされ、少年と妙齢の美女の睦み合いは続く。

慈しみの表情で子供を愛する姿は、さながら淫らな聖母子像だ。

「先生、僕もしてあげたいな」

このまま感じさせられるのもいいが、やはり男としては女を歓ばせてあげたい。

美雪の正面に向き直ると、目前に広がるおっぱいの海へダイブする。

「あら、いいのよ、私に任せて……アアンッ」

黒レースブラをずらし、生温かい口腔に乳首を含まれると、艶やかな喘ぎが洩れる。

チュウチュウと、甘やかな乳首を吸い立てて、少年の反撃が始まる。

ねっとり舌先で転がせば、たちまち甘乳首がいやらしくしこり立つ。

「アン、そんなにいやらしくチュッチュしないで、んんっ」

この豊穣のシンボルに挟まれ、何度も昇天させられてきた。

舐めたり吸ったり突いたり、性技の限りを尽くして奉仕したい。

「ちうう、はあ、美雪先生おっぱい綺麗だよ。おっきくて柔らかいのに、プリプリしてる」

「もう、本当にお世辞が上手《うま》いんだから。詩乃や由梨音にもそう言ってきたんでしょう」

二人のことを口にするときだけ、ほんの少し瞳に嫉妬の色が浮かぶ。

しなやかなモデル体型に不釣り合いな爆乳を震わせ、口元を尖らせるさまは、劣情を誘う。

「ごめんね、詩乃お姉ちゃんや由梨音さんも好きなんだ」

もちろん詩乃や由梨音のことを忘れたわけではない。

だが今は、触れるだけで媚薬のように魂を蕩かす、貴婦人の肌に夢中だった。

「だけど美雪先生は、もっともっと、大好きだよ」

いつかも吐いた、都合のいい台詞だが、美雪にとってはたまらない愛の言葉に聞こえる。

「何を言ってるのかしら、まだ子供のくせに女を手玉にとろうなんて、十年早いわ、アアンッ」

突如、ショーツの中へ指を差し入れられる。

「やっぱりまだキツいね、先生のおま×こ。でももう、グッショリしてる」

「アンッ、やめなさい。お願い、やめて……」

年齢不相応に発達した指技に、経験豊富なはずの先生も、形無しだった。

初めは強い口調で窘《たしな》めるが、やがて快楽に負けたように、声が掻き消える。

「濡れ濡れなのにこんなに狭いよ。このキツキツおま×こに僕のおち×ちんが入っていたなんて信じられないや」

「きゃあんっ、そんなに指を入れちゃダメえっ」

クチュリと音を立て、人差し指を呑み込む秘裂は、まるで処女膣のように密やかで、よく締まる。

詩乃とさして変わらぬきつさなのに、襞の中身はトロトロで、熟れきっていた。

「はああっ、そこよ、もっと指をジュボジュボしてぇ」

美しく引かれた眉を、切なげに顰《ひそ》める美女は、蕩ける表情で訴えてくる。

「綺麗だよ、先生。感じたお顔もすっごくいいよ」

「ああ、翔太君」

中学一年生の少年に、甘い言葉を囁《ささや》かれ、赤面する自分が恥ずかしい。

しかし胸にこみ上げる恋情は、もう止められなかった。

「アアンッ、私も好きよっ、十五も年上だけど、君のことが大好きなの」

「先生……」

幼い自分が、十歳以上も年上の美女たちを籠絡《ろうらく》してきたことが、いまだに信じられない。

羞恥の箍《たが》が外れた牝の痴態に、漲《みなぎ》る男根が早く犯せと唆《そそのか》す。

「そんなふうに言われたら、僕だって、んむう」

「ふみゅううっ、翔太くうん」

無理やり唇を奪い、おま×こを犯すように舌を差し入れ、掻き回す。

強引なディープキスが嬉しいのか、美雪も積極的に舌を絡めてくる。

「んちゅううう、先生、好きだよ」

「んんん、先生も好き、好きぃ」

窓際で愛し合っているせいか、もし、向かいのビルに人がいれば、淫らな光景が丸見えかもしれない。

「アアンッ、翔太君の硬いのが当たってるぅ」

ゴツゴツと太股に牡のシンボルが当たるのを感じながら、ぬらつく口腔粘膜を擦り合わせる。

一度情欲に火がつけば、ベッドまで我慢できるはずもなかった。

「先生、もう我慢できないよ、今すぐここでっ」

腫れ上がった怒張の命じるまま、細い肩を摑んで床の上へ押し倒す。

「アンッ、ダメよ、こんなところで……」

毛足の長い絨毯が柔らかなクッションになって、二人を優しく包み込む。

赤い幾何学紋様に黒髪が煌めくさまは、繊細な工芸品のようだ。

「お願い、ここじゃイヤ、ベッドで、きゃあっ」

押し倒されたと思ったら、不意に身体を起こされ、四つんばいにされる。

ベッドで交わったときに何度もさせられたスタイルで、愛し合おうというのだろう。

「はあ、やっぱりこの格好のほうが、お尻もおま×こも全部見えるね」

ぐっしょり濡れたショーツをずらせば、くびれたヒップラインからおま×こまで、すべてが見渡せる。

美しい女豹のポーズで跪《ひざまず》く姿に、怒張はさらに熱く硬く漲ってしまう。

「んん、またこの格好なの、翔太君たら、ほんとに好きなんだから」

呆れる美雪だが、少年が感動に浸るのも、無理はない。

後ろからの体位は、実は美雪が初めてなのだ。

「このポーズのほうが先生はとっても綺麗だよ、うう、たまらないよ」

至高の芸術品の如き女体は、男を狂わす魔性の輝きを放っていた。

美麗なロングの黒髪から、白い背中を経て、パンパンにお肉が詰まったお尻まで、偏執的に撫で回す。

「アンッ、いやらしい手つきね、ゾクゾクしちゃう」

愛しい人に褒められ、嫌であろうはずがない。

雪のような白い肌も、貫かれる期待から紅潮していた。

「今すぐ、僕のおち×ちんで、先生を感じさせてあげるね」

やはりこのスタイルのほうが、牡が牝を征服するという実感に浸れる。

最大限にまでフル勃起した陰茎を握り締め、茂みに包まれた花園へ狙いをつける。

濡れそぼる秘割れは、太幹の先端を今にも呑み込んでしまいそうだ。

「ああん、待って、翔太君。その前に先生のお話を聞いて」

だが、吐息の下で、痛切な声をあげる。

「先生、どうしたの？」

本当は今すぐにも腰を突き出し、柔襞を蹂躙し、すべてを制圧したかった。

同時に、忠実な教え子にとって、先生の哀訴は聞かないわけにはいかなかった。

怒張の突き込みを止め、固く摑んだウエストから手を離す。

「ふふ、ありがとう。それじゃあ、よく見ててね、先生のおま×こ」

素直な態度に口元を緩めると、秘裂に指を差し入れ、くいっと拡げる。

たちまち現れる薔薇色の蜜肉は、あまりにも卑猥すぎる。

「どう、いっぱい濡れてるでしょ。君のおち×ちんが欲しくて、こうなってるの」

お尻をフリフリと振れば、蜜の溢れる割れ目から、猛烈にいやらしい牝臭が漂ってくる。

「うう、そんなエッチにお尻をプリプリされたら」

濃密な女の香りが充満し、雄々しいこわばりは限界を越えて膨張する。

「本当は先生、とっても危ない日なの。なのに翔太君たら、私の膣内にたくさんピュッピュしたでしょう」

これ見よがしにお尻をくねらせつつ、蠱惑的な媚態で語りかけてくる。

「これ以上、ドピュドピュされちゃったら、本当に赤ちゃんができちゃうかもしれないの」

赤ちゃん、という言葉に少年は鋭い稲妻に打たれる。

「私としては、そのほうが嬉しいんだけど。だから最後は、君に決めてほしいの」

さっきまでの妖しい振る舞いとは違う、妊娠の危機を訴える姿は、どこか乙女のように愛らしい。

「僕が、決めていいんだ。先生をどうするかを……」

淫らなおねだりに、ゴクリと生唾を吞む。

「くす、中学生でパパになっちゃう勇気、ある？」

まるでできるものなら、してご覧なさい、といった表情である。

ゾクリとする笑みで問いかけてくる美女に、欲望の根源を揺さぶられる。

もはや、男としての返答はひとつしかなかった。

「先生、僕、先生に赤ちゃんを産ませたい。まだ子供だけど、いっぱい勉強して、立派なパパになって見せます」

誠実な表情で、腰をがっしり摑み、ブチュリと先っちょを押し当てる。

すべての覚悟を決めた凛々《りり》しい少年は、女が愛を捧げる理想の存在に見えた。

顔色を窺っていた美雪も、一瞬で華やぐ。

「ああ、嬉しい、嬉しいわあ。君になら私の、私たちのすべて見せてあげてもいいわ」

頰を染め、瞳を輝かせ、全身で歓ぶ先生は美しいが、言葉尻に引っかかる。

「私たちのすべて、ってどういうこと？」

「うふふ、何でもないわ、こっちの話よ。さ、きて」

疑問に感じる暇もなく、秘粘膜は吸引力を働かせ、挿入をせがんでくる。

「くうっ、何これ、入れてないのにキュウッて吸いついてくる」

精のすべてを吸い取られる感覚に、思わず身震いする。

「アン、早くう、先生のおま×こにいっぱいドピュドピュしてえっ。私に君の赤ちゃん産ませてえっ」

結ばれる歓びは、美雪からいっさいの羞恥を奪っていた。

ただ牡に征服されることを望む、一匹の淫らな牝がそこにいた。

「ああっ、いくよ先生っ」

決然と腰を突き出し、猛り狂った怒張で牝腟を侵略し尽くす。

ブチュチュンッ、とこの上もなく猥褻な音が部屋中に響き渡る。

「はああんっ、太くて逞しいのがいっぱいい、翔太くうん……」

白い女体は、背筋を海老反りにしながら、感嘆の声を洩らす。

ただ肉欲を貪るのではなく、互いの愛を確信した交わりのほうが、遙かに深い官能を与えてくれる。

「ううっ、先生のおま×こ、さっきよりもウニョウニョしてるよお」

待っていたかのように、蠢く柔襞が怒張をしゃぶり尽くそうと襲いかかる。

たっぷりの蜜にまみれた粘膜が、肉棒を咥え込んで離さない。

「すごいわ、翔太君のおち×ちんも、さっきより硬いの、アアアン」

四つんばいにされ、獣の体位で交わっても、先生の美貌は少しも損なわれていない。

これほどの美女を、自らの剛直で後ろから貫く感動は計り知れない。

「やっぱりこっちのほうが、おち×ちんが入ってるのがよくわかるね。僕、このスタイル大好きだよ」

「アンッ、もう、子供のくせに。翔太君たら本当に中学生なのかしら、はあんっ」

その子供に、後ろからズップリと貫かれているのだ。

今さら年上の顔を繕《つくろ》っても、効果はない。

むしろ少年と交わる背徳感がさらなる興奮を呼び、蜜壺はキュウッと痙攣する。

「ああっ、そんなにキュウキュウされたら、すぐに出ちゃうよお」

「ふふ、いいのよ、たくさんドックンしても、君にいっぱい種付けしてほしいの」

早く妊娠させてと迫る媚肉のうねりに、本当はすぐに果ててしまいたい。

しかし牝を歓ばせ、絶頂に導くことも、牡の務めなのだ。

「ぐううっ、いくよ先生っ」

おもむろに腰を摑み、逞しく腰を突き出して、抽送を開始する。

「アンッ、あああんっ、急に早くしちゃダメえっ」

突如、速さを増す腰の突進に、驚愕の声があがる。

激しすぎる背徳の体位に、さすがの美雪先生も翻弄される。

「はあはあ、いいよ、すごくいいよお、先生のおま×こ、キツいのにヌルヌルで、おち×ちんがどうにかなっちゃう」

「アアン、はあんっ、先生もどうにかなりそうよ。逞しいおち×ちんでズンズンしてえっ」

ひと突きごとに漆黒のロングヘアが乱れ、Hカップの爆乳がプルンプルンと弾ける。存在自体が猥褻な美女の痴態に、こわばった逸物は、さらに肥大し肉壁を押し拡げる。

「んんうっ、おち×ちんがまた太くなるのね、すごいわ、すごすぎるの」

ガンガンと後ろから激しく突かれ、悲鳴のような喘ぎ声で求めてくる。真夜中の密室で繰り広げられる淫らな儀式は、ようやく頂点へ達しようとしていた。

「ああ、おま×こがグチュグチュ、って吸いついてきて、気持ちいい。もう出ちゃうう」

抉《えぐ》るような本気ピストンから、カクカクと小刻みなストロークへ変化すれば、最後のときが近づいた証拠だった。

「出すのね、翔太君。いいのよ、いっぱいツキツキしていっぱいドピュドピュしてえっ」

名器というべき媚肉のうねりに、魂すら吸い取られそうだった。

「先生っ、その顔、たまらないよっ、もっとしたくなっちゃうよぉ」

高貴な容貌をはしたなく歪めた姿に、さらなる凌辱への渇望が湧き上がる。

グリグリ打ちつける腰の動きも速さを増し、乾いた音を響かせる。

「アアンッ、もっと突いてえ、奥まで、奥までいっぱいい」

来《きた》るべき絶頂の階梯に備え、目をきつくつぶり、歯を食いしばって耐えている。

淫蕩だが健気《けなげ》な仕草に、牡の支配欲も最後の一線を越えようとしていた。

「ううっ、いくよっ、先生の中にいっぱい出すからねっ」

「出してえ、先生が溺れちゃうぐらいミルクをドピュドピュしてえっ」

求めに応え、渾身の力を込めて、腰を突き出す。

邁進《まいしん》する怒張が最奥を貫き、秘密の扉をぶち破れば、先割れから官能のとろみが溢れ出す。

「くはっ、もう出る、出ちゃうううう、先生、先生っ、大好きだよおお」

「はあああんっ、私もイクのっ、君のおち×ちんでイッちゃうの、翔太君、翔太くううん」

艶やかな歓声が、二人きりの密室に轟き渡る。

静寂の空間に嬌声を響かせ、ありえないほどに身体を折り曲げ、絶頂の愉悦に打たれていた。

「アンッ、まだ出てる、先生の膣内にピュッピュって、んんん、ダメえ、これ以上されたらママになっちゃうう……」

無数の精子にすべての穴を犯されるような感覚が、美雪を襲っていた。

全身を白濁液に浸食され、細胞の一片までもが、少年の物へ作り替えられてゆく。

「先生、すごいよぉ、おま×こよすぎて、おち×ちんがどうにかなっちゃう」

吐精後の快感に浸っていた翔太も、うっとりした顔で称賛を口にする。

ブルブルと腰を震わせ、精の一滴まで注ぎこむべく、肉棒を奥へ押し入れる。

「はああ、僕、もう」

やがて精も根も尽き果て、ぐったりと美雪の背中へ倒れ込んでしまう。

汗ばんだ肌が触れ合う感触は、心地よかった。

「あ、翔太君、ふふふ、すごく気持ちよかったみたいね」

背後に少年の重みを感ずれば、肩越しに労《ねぎら》ってあげる。

絨毯の中へ身を埋めながら、優しげな雰囲気に包まれ、いつまでも重なり合っていた。

「いっぱい出してくれたのね、嬉しい。これで先生は君のものよ」

「先生、すごくよかったよ。こんなに気持ちよかったの、初めて」

「まあ、ほんとお世辞が上手なんだから、ふふ」

アクメの深い感動のあと、ようやく正気を取り戻した二人は、互いの献身を讃え合う。

穏やかな顔だが、絡み合う粘膜は、いまだきつくつながったままだ。

「ね、翔太君、覚えてる？」

少年の手に白く細い手のひらを重ねながら、問いかけてくる。

胎内に埋め込まれた、熱く硬い牡のシンボルを感じながら、思わせぶりに囁く。

「先生、どうしたの」

淫蕩な目つきがさらに艶を帯びるのを感じ取り、肌が軽く粟立つ。

「くす、私の秘密を見せてあげるって、いったでしょう」

確かに結ばれる際、そんなことを言ったような気もした。

「君に見てほしいものがあるの。絶対、気に入ると思うわ」

「僕に見せたいものって、何ですか」

一糸まとわぬ姿で、下半身できつく繋がっていても、犯しがたい気品を感じる。

「うふふ、それは見てからのお楽しみよ」

優しげだが、有無を言わせぬ口調は、いつもの凛とした美雪先生だった。

これ以上尋ねることもできず、少年は透き通るような琥珀《こはく》色の瞳に射貫かれ、身も心も虜になっていた。

「先生、あの、ここって」

マンションからほど近い高級ホテルの一室、いかに重厚そうな扉の前で、少年は不安げな声をあげる。

洒落《しゃれ》た内装の通路は閑散としていて、美雪と翔太以外に人はいない。

「あら、どうしたの。見せたいものがあるって言ったでしょう」

悦楽に耽《ふけ》った昨夜から日も改まり、美雪に導かれてこの場へ案内されていた。

「でもここって、すごく高そうなお部屋ですよ」

フロントで部屋の鍵を渡されるときも、まるで要人を出迎えるような応対だった。

尊大ともいえる態度で、居並ぶホテルマンを従えるさまに、度肝を抜かれていた。

「ふふ、ここが私のもう一つの『家』よ」

事もなげに口にするが、自宅以外にも住処《すみか》があるなど、少年には信じられない。

「あの、僕、そろそろ帰らないと、お父さんとお母さんが」

考えてみれば制服姿のままで、ここに来ているのだ。

おまけに泊まりがけで、しっぽりと濡れた夜を過ごしたと知られれば、両親はどう思うだろう。

「大丈夫よ。さっき、君のご両親とお話をしておいたの。目前に迫った全国テストのためにも落ち着いた環境で勉強したほうがいい、ってね」

「ええっ、いつの間に」

呆気《あっけ》にとられるが、美雪ならやりかねないという気持ちもあった。

もはや覚悟を決め、最後まで先生に付き合うよりほかはない。

「さ、先に入って」

ロックを解除すると、部屋へ入るように促される。

何かを企んでいるような笑みだが、少年にはそこまで察することはできない。

「はい、それじゃあ、失礼します」

ドアノブに手をかけると、不意にドスンと大きな音が室内から響く。

「えっ、何、どうしたの？」

一瞬、驚くが、部屋で何が起こっているのかは知りたい。

好奇心のほうが勝り、ガチャリとドアを開ける。

次の瞬間、少年の視界はブラックアウトする。

「キャッ、それ以上はやめて、あら、翔太さん？」

扉を開けると、小走りでこちらに駆け寄ってくる詩乃と、出会い頭の衝突をしてしまう。

パフンと柔らかすぎる膨らみに包まれ、全身を恍惚感が襲う。

「あうっ、詩乃お姉ちゃん？」

視界を塞いだ物の正体は、お姉ちゃんの豊満すぎるFカップだった。

唐突すぎる歓迎に動揺するが、いつもとは違う黒い花柄のワンピースはどこか妖しさを感じさせる。

「詩乃お姉ちゃん、どうしてここに、むぎゅっ」

突然の出会いに戸惑う詩乃だったが、見る間に薔薇色の顔へ変化する。

顔面を覆う柔らかな膨らみを、さらに押しつけられる。

「翔太さん、よくきてくれたわ。昨日は急にいなくなるんですもの、お姉ちゃん心配してたのよ」

考えてみれば昨日、うたた寝をしている詩乃をほったらかしにして、美雪のマンションへ入り浸っていた。

罪悪感のせいか、酸欠の恐怖に耐えながらも抱擁を甘んじて受け入れる。

「ぎゅうう、それで、お姉ちゃん、なんでここにいるの、むぐぐ……」

お姉ちゃんはいつの間にか、清楚な中にも艶やかな色気を感じさせるようになっていた。

もっとも、少年の触り心地を愉しむだけで、なぜここにいるかは答えてくれない。

「ふう、やっと今日の分の翔太さん成分を補給できたわ」

ひとしきり賞味したあと、満足したのか、離れてくれる。

自分の成分とはなんのことなのか疑問だが、心なしか詩乃お姉ちゃんの肌つやはよくなったようだ。

「ふふ、翔太さんを歓迎するために、このお部屋で待っていたのよ、キャアンッ」

平静を取り戻し、穏やかな口調で解説してくれるが、いきなり後ろからムニュリ、と豊乳を摑まれ、悲鳴をあげる。

「もう、ダメじゃないか、詩乃。途中で逃げ出したりするなんて」

後ろから摑みかかり、じゃれ合うように詩乃を愛撫する人物は由梨音だった。

ホテルの扉口で、ムニムニとおっぱいを揉まれるさまに、目を奪われる。

「さ、次はこっちの服も着てみようか」

「アン、お願いやめて、由梨音ちゃあん」

由梨音が持ってるハンガーには、バニーガールが着るようなウサ耳と大胆なレオタードがかけられていた。

さっき聞こえた大きな音は、嫌がる詩乃に無理やりコスプレさせようとしたからなのだろう。

「由梨音先生まで、何をしているんですか」

こんなところで子供みたいにはしゃぐ由梨音に、少々呆れる。

「ふふふ、このバニースーツは詩乃によく似合うよ、って、あれ、翔ちゃんじゃないか」

今ごろ気づいたのか、少年の姿を認めると、途端に目を輝かせる。

肩から背中まで、大胆にカットされたハイネックのノースリーブニットは、いつもより露出度が高い。

「いつくるかと待っていたんだよ。ここのところ会えなくて寂しかったんだから」

「うぎゅうう、またそんな……」

Fカップを上回るGカップ巨乳の中へ、愛しい少年を抱きしめる。

詩乃から解放されたと思ったら、今度は由梨音の番だった。

「うーん、やっぱり翔ちゃんは抱き心地がいいねえ。ほっぺもスベスベだね〜」

ここ数日、美雪にかまけていたせいか、おざなりにされたことを責めるようにスリスリしてくる。

詩乃以外の玩具を見つけ、興味の対象が移ったようである。

「助けて、詩乃お姉ちゃん……」

乳圧の苦悶に耐えかね、思わず詩乃に助けを求める。

「あらあら、二人とも、仲がいいわねえ」

だが自分に被害が及ばないことに安堵したのか、和やかに見つめているだけだった。

「夕べはずいぶんお楽しみだったようじゃないか。美雪と何をしていたんだい？」

胸中の少年を慈しみながらも、キラリとジト目が光る。

「ええっ、それは……」

美雪との爛れた一夜を知っているのか、由梨音の笑顔は笑っていない。

「うう、そんなにギュッとしないで」

甘く包み込む抱擁でありながら、その実、責め苛《さいな》んでいる。

美巨乳の感触も少年にとっては、拷問に等しかった。

「コホンッ、何か忘れているんじゃないかしら、あなたたち」

穏やかなやりとりに釘を刺すように、咳払いがひとつ、響き渡る。

三人の戯れを観察していた美雪だったが、さすがに潮時と判断したのだろう。

「おや、美雪じゃないか、そこにいたんだね」

「すみません、美雪先輩。つい翔太さんのほうばかり気になってしまって」

とっくに気づいていたのだろうが、無視して翔太だけをかまっていたあたりに、悪意を感じる。

「もう、しょうがないわね。翔太君がくるから、お迎えの用意をしてと言っておいたでしょう」

眉間に皺を寄せ咎《とが》めるが、あまり由梨音たちには届いていないようだ。

「そんなこと言っても、誰かさんが翔ちゃんを独占していたからね。これは仕方のないコトさ」

「誰かさん、って誰のことかしら、ね、翔太さん」

恐縮したふりをするが、まるで効いていない。

逆にやり返しているところ見ると、美雪が少年と何をしていたのかを、知っているのだろう。

「あの、ここって、これが美雪先生の見せたい物なんですか？」

詩乃たちがいたのは驚きだったが、まさかこんなかたちで歓迎されるとは、想像していなかった。

「ふふ、ここはね、学生時代からの私たちの秘密の隠れ家なの」

肩に手をかけ、耳朶を噛むようにそっと、囁いてくれる。

立ち話のままでは行儀が悪いと思ったのか、美雪に背中を押され、場を移動する。

「こうやってみんなで集まって、他愛のないおしゃべりをしたり、お気に入りの服を褒め合ったりしてね、それと……」

マンションに劣らぬ豪勢なホテルの一室を、三人の美女に囲まれながら行進する。

オシャレなガラス張りのリビングを過ぎ、目当てのベッドルームへ向かう。

「くす、だから今回も翔ちゃんのお気に召すようなファッションにしようとしたのさ。でも詩乃はすごく嫌がってね」

「だって、由梨音ちゃんたら手つきがとってもいやらしいんだもの。私はこのままのでもいいのに」

それであんなに騒いでいたのかと思うが、実際はイヤがってるふうでもない。

仲のいい友人同士で、着せ替えを楽しんでいただけなのだ。

「うん、僕も詩乃お姉ちゃんには、そのお洋服がよく似合ってると思うよ」

いつもよりは露出の高めのワンピースだが、艶を増した美女にはよく映える。

「まあ、翔太さん、うふふ、ありがとう」

無邪気に褒めちぎられ、上機嫌になる。

「にしても、はしたないわ、あなたたち。せっかく翔太君を招待したのに、何も用意ができていないじゃない」

少年の周りで談笑しながらも、さすがに不手際は許せないのか、美雪が渋い顔をする。

「それはこっちの台詞です。いきなり眠らされてあのあと、私がどんな思いだったか」

機嫌がよさげに見えて、まだ昨日のことは根に持っているようだ。

不満を漏らす詩乃に同調して、由梨音も相づちを打つ。

「そうだよね、オフィスで眠りこけている詩乃を起こして、自宅へ連れ帰った私の苦労を認めてくれてもいいじゃないか」

少年へ向け、色っぽくしなを作りながら、コンビを組んで応戦する。

「本当は私たちだけで、翔ちゃんをかわいがってあげるはずだったのに、いきなり自分もつまみ食いしたいだなんて」

やっぱり美雪が翔太と関係を結んでいたことは、二人はすでに承知だったのだ。

唇を尖らせ、恨みがましい目を向けてくる。

「あら、そうだったかしら。てっきりあなたたちだけじゃ翔太君を満足させられないと思ったから、私がお相手をしてあげたのに」

声を合わせて非難してくる姿に、さすがに辟易《へきえき》したのか、そらとぼける。

美しい鼻筋を不遜に歪め、何食わぬ顔でやり過ごしている。

「あの、僕を招待とか、相手とかどういうことですか」

繰り返される怒濤《どとう》の展開に、翔太の頭も理解が追いつかない。

そうこうするうち、陽光が降り注ぐリビングを抜け、クローゼットと寝室が一体化した広い部屋へ通される。

「さあ、ここよ、詩乃。ドアを開けてちょうだい」

質問には答えず、指示を出せば、メイドよろしく詩乃お姉ちゃんが扉を開けてくれる。

開放のあと、溢れてくる香水のくすぐったい匂いに、思わず鼻を顰める。

「ここが、見せたいものなんだ」

まるで貴族の邸宅のようなシックな造りのベッドルームに、色とりどりの洋服が乱雑に置かれている。

かわいらしいものからセクシーな服まで、庭園に咲き乱れる薔薇のように華やかだ。

「では、ここからが本題よ」

部屋の中心に据えられた、豪奢な天蓋つきベッドに見蕩れていると、不意に耳元へ息を吹きかけられる。

「ひゃんっ、何ですか」

驚いて飛び上がるのが面白いのか、由梨音たちもクスクスと忍び笑いを浮かべている。

「君の成績のことだけど、このままいけば来週の全国テストは間違いないわね、私が保証するわ」

「本当ですか、先生にそう言ってもらえて嬉しいです」

もっとも気がかりな点を先生に確約してもらい、安堵感に包まれる。

しかし、話はまだ終わらない。

「もっとも私たちにとっては、成績も、家庭教師業もどうでもいいのだけどね」

レースのカーテンから差し込む光が妖しく煌めくと、美雪たちの瞳の色も変わる。

「え、どういうことですか？」

当然の疑問が浮かぶが、先生は穏やかな微笑を浮かべたままだ。

「それはだねえ、翔ちゃん」

代わりに、ベッドの柱に寄りかかった由梨音が答えてくれる。

「美雪だけじゃなくて詩乃や私もそうだけど、わざわざ事業を興《おこ》さなくてもふつうにこうやって気ままな生活が送れるのさ」

確か詩乃の両親はそうとうの資産家だが、由梨音と美雪の実家もそうなのだろう。

「あら、でも建前としては急成長中の教育産業の女社長っていう肩書き、私は気に入ってるわよ？」

基本、対等な口調は三人の間に上下関係などないことを表している。

同じ志で起業した仲間というより、もっと深く濃密な絆があるようだった。

「でも、こうして学生時代からみんなで集まっていたけど、願っていることはひとつだったの」

詩乃もたおやかな水面のような表情で、頭をナデナデしてくる。

真剣でいて、どこか淫靡な響きの声音《こわね》は、これから起こる儀式を予感させる。

「私たち、ずうっと、君みたいな子を探していたのよ。子供に勉強を教えていたのも、すべてはかわいくって自由にできるお人形が欲しかったからなの」

内心を吐露する美雪はこれまでとは違い、長い睫毛を伏せている。

熱っぽい微笑で自身を囲む美女たちに、何やら不穏なものを感じずにはいられない。

「お人形って、まさか……」

悪い予感は、よく当たる。

「くす、そのとおりさ」

疑問に対し、先生たちはいっせいに頷く。

「ほら見て、翔太さんならとってもよく似合うわ」

いつの間にか詩乃の両手には、一着のかわいらしいお洋服があった。

差し出されたのは、まるでアニメの登場人物が着ているような、フリフリでピンクのメイド服である。

「ええっ、そんなの、そんな格好、僕、遠慮します」

さんざんお姉ちゃんたちに弄《もてあそ》ばれてきたが、さすがに女装は御免である。

脱兎《だっと》の如く逃げようとするが、背後は美雪、そして両脇からは由梨音と詩乃によって挟まれている。

「あら、先生たちのお願いを聞いてくれるんでしょ、約束したじゃない」

すでに逃げ道は、最初から塞がれていた。

まるで生け贄《にえ》の子羊を、晩餐に供しようという目つきだった。

「ふふふ、逃がさないよ、翔ちゃん」

「謙遜しなくてもいいのよ。翔太さんならきっとよく似合うはずよ」

三人の成人女性を相手に、子供一人ではかなうはずもない。

好色な顔つきで少年を玩具にしようとする美女たちに、たちまち裸に剝かれてしまう。

「ひゃうっ、待って、それ以上触らないで、あわわ……」

脱がされたと思えば、あっという間に服を着せられ、かわいらしいメイドが現出する。

「まあっ、とってもかわいい。本物のメイドみたいよ、翔太さん」

「やっぱり翔ちゃんは、この格好のほうが似合っているよ、どこから見ても女の子だ」

手のひらを組んで乙女のような瞳で祝福されるが、まったく、嬉しくはない。

「うう、なんで僕がこんな格好に。恥ずかしいよお……」

パンツが見えそうなぐらい短いスカートのせいか、股間がスースーする。

ヒラヒラするスカートの裾を抑える姿も、哀愁を誘う。

もっとも三人の先生は、お気に入りのオモチャにご満悦だった。

「はあ、やっぱり私の見込んだとおりね。綺麗よ、翔太君」

赤らめた頬を両手で押さえ、うっとりした目つきの美雪は、自分の判断の正しさを確信していた。

目の間に現れた美少女メイドに、興味津々な顔つきである。

「うふふ、目の保養をさせてもらったし、今度は私たちの番ね」

両脇の二人へ目配せをすれば、由梨音たちもコクンと頷く。

首元のスカーフをするりと外し、ブレザーのボタンを外してゆく。

「わわっ、先生たち、いったい何を……」

美雪の所作に合わせ、詩乃や由梨音もゆっくり衣服を脱ぎはじめる。

まるで少年へ見せつけるように、緩やかに、さりげなく……。

「ちょっと恥ずかしいけど、見ててね、翔太さん」

「くす、本当はキミに手伝ってもらいたいけどね」

ストン、と艶めかしい音を立てて、ワンピとミニスカが地面へ落ちる。

淫靡な衣擦《きぬず》れの音が、ふわりと軽やかな調べとなって響く。

やがて現れる、女神の如き麗しい肢体の競演に、度肝を抜かれる。

「うわあ……」

スーツの下から現れたのは、刺激的すぎるボンデージファッションの美女だった。

きわどいハイレグカットに、胸元がオープンタイプなデザインは、Hカップの爆乳が丸見えである。

「どうかしら、翔太君。みんなで楽しむときは、いつもこうなのよ」

大切な部分がほぼ丸見えなのに、まるで恥じらっている様子はない。

むしろ妖しげな視線は、少年を挑発している。

「美雪は相変わらずだねえ。こういうときはちょっと恥ずかしがったほうが男の子にはウケるものだよ」

由梨音は同じくボンデージスタイルだが、エナメル素材の真っ赤なスーツである。

ほんの少し笑うだけでもプルルンとGカップバストが悩ましげに揺れる。

「二人ともいやらしいわ。私はただ、翔太さんにすべてを見てもらいたいだけなのに」

美雪たちとは打って変わって、詩乃は純白のビスチェタイプのランジェリーだ。

露出は大胆だが、フリルで装飾された清楚で甘々なデザインになっている。

「先生もお姉ちゃんもそんな格好されたら、うう」

あまりにも過激なファッションに、見ているだけで、肉茎がムクムクと兆してくる。

見た目は可憐なメイドなのに、必死で前を押さえる姿は、美女たちの胸をキュンッ、と疼かせる。

「ふふふ、そんなに我慢できないのかい。いけないメイドちゃんだねえ」

「翔太さん、かわいすぎます。そんなお顔されたら、お姉ちゃんもう……」

はあはあと、荒い息をしながらにじり寄る美女たちに、身の危険を感じる。

すでに瞳は潤み、紅潮した頬は、幼い少女を襲う暴漢のようだった。

「ねえ翔太君、私たちといっしょに暮らす気はないかしら。ずっと君みたいな男の子を探していたのよ」

脇侍仏《わきじぶつ》のように二人を従え、妖艶な女神が戦慄すら覚える笑みで問いかけてくる。

「ええ、でも僕、勉強をしてお父さんとお母さんを安心させないと、あううっ」

「ふふ、心配しないで、私たちが全部面倒見てあげる。お勉強もこっちもね」

スカートの中でいきり立つこわばりを指でキュッと握り締める。

「そのためにここに案内したのよ。君を私たちのペット、いえ、大切なお人形になってもらうためにね」

どこか不穏な言葉を吐くが、顔つきは真剣だった。

由梨音も詩乃も、告白を待ちわびる乙女のように、少年の顔色を窺っている。

「僕と先生たちがいっしょに……」

改めて自分を愛してくれた、三人の先生を仰ぎ見る。

「もう翔ちゃんたら、早く決めてほしいな。待ちきれないよ」

明るく、悪戯な性格の由梨音先生は、はち切れんばかりのおっぱいで、初めてを教えてくれた。

「翔太さん、お願い。お姉ちゃん、あなたとひとときも離れたくないの」

幼いころの憧れだった詩乃お姉ちゃんは、清楚な仕草に違《たが》わぬ初々《ういうい》しさで、その純潔を奪った。

「迷う必要なんてないのよ、翔太君。私たちといっしょにいれば、君が望むもの、全部与えてあげる」

高貴さすら感じる蠱惑的な美雪先生に、理性のすべてを奪われそうになる。

いずれも甲乙つけがたい美しさと、豊満な肢体でもって、少年の悩みを癒やしてくれたのだ。

「美雪先生、由梨音先生、詩乃お姉ちゃん、僕、とっても嬉しい」

悩みを受けとめ、親身になって慰めてくれた先生たちには、感謝の想いしかない。

もう少年に他の道を選ぶことなど、許されなかった。

無論、許されてもそれ以外の道を選択するなど、考えられもしない。

「先生たちみたいな綺麗な人にこんなに愛してもらえるなんて、僕もずっとみんなといっしょにいたいです。これからもよろしくお願いします」

拙《つたな》い子供の言葉であっても、台詞の端々にまで誠実さが滲み出ていた。

沈痛な雰囲気漂うベッドルームは、一瞬にして華やぐ。

「ああん、もうっ、かわいいなあ、翔ちゃんは」

辛抱たまらなくなった由梨音が、思わず抱きついてくる。

満面の笑みで表情を綻ばせ、歓びを爆発させる。

「うぎゅっ、そんないきなり」

猫撫で声で、ほっぺをナデナデされれば、つい甘えた声をあげてしまう。

「翔太さん、お姉ちゃんも嬉しい」

詩乃お姉ちゃんも、乙女が愛を乞うようにして、すり寄ってくる。

「むうう、お姉ちゃんも由梨音先生も、苦しいよお」

メイド姿の少年を挟んで、イチャイチャとボディタッチを繰り返す。

FとGの巨乳に揉まれ、化粧の匂いに包まれると、牡の本能はいやが上にも増す。

「素敵よ、翔太君。それでこそ私たちが見込んだとおりの男の子ね」

美雪もまた、理知的な顔立ちを興奮に染めている。

と思えば、すぐに茶目っ気《け》のあるウインクで、責め立ててしまう。

「もっとも、見かけは女の子だけどね、うふふ」

指に力を込め、スカートの上からでもわかるぐらいに勃起した牡のシンボルをしごく。

「くうっ、またキュウッ、て」

呻《うめ》く姿もメイドコスのままでは、むしろ愛らしさを引き立てるだけだった。

「まあ、翔太さんたら、男の子なのに、かわいい声で鳴くのね」

「くすくす、エッチなメイドだねえ、こんなにおち×ちんを腫らして」

両脇から誘惑する女神たちは、首筋にキスしたり、耳たぶを噛んだりしてくる。

少年を女装させ、愛でる趣味があるのだろう。

「はあ、そんなふうにされたら、おかしくなっちゃう」

いきなり先生たちからメイドの格好をさせられ困惑したが、夢のような歓待を受けると、もはやどうでもよくなる。

「翔太君たら、もう我慢できないみたいね。私たちも嬉しいわ」

昼下がりのベッドルームに妖しい雰囲気が満ち、淫らの饗宴《きょうえん》が始まる。

「ほうら、おち×ちんもこんなに歓んで」

もう我慢できないのか、しなやかな指をパンツにかけ、そっと下ろす。

「ああっ、そんないきなり」

たちまちボロンッとバネ仕掛けのように飛び出る若勃起は興奮から、いつも以上に漲っていた。

「まあ、こんなに大きく。素敵よ」

フリフリの甘々な格好なのに、雄々しい逸物をそびえさせた少年に、美女たちはうっとりする。

「キャッ、翔太さんたら、元気なんだから」

「元気なのはいいことさ、これから三人も相手にするんだからねえ」

由梨音と詩乃も、手で口元を抑えながら見入っている。

幼気な少年を女装させ、お人形のように愛でる趣味は三人の共通のものだった。

「先生、なんだか身体が熱いよお、んんっ、むうう」

肉体からこみ上げる火照りを訴えるが直後、美雪に唇を奪われる。

「んふふ、翔太君、君は何もしなくていいの。全部先生がしてあげる、むちゅうう」

舌を絡め、エキスを吸い取る魔性のキスに、身体中の力が抜けてゆく。

だがそそり立つ男根は、脱力感に逆らうようにビクビクと太さを増す。

「アアン、ズルいよ、美雪」

「もう、先輩はいつもそうやって、抜け駆けするんだから」

いつの間にか退廃的な睦み合いは、天蓋つきのベッドの上へ移っていた。

豪奢な寝具の中心に座るメイド少年を、煌びやかな衣装の美女たちが囲んでいる。

「ほら、見て、先生のおっぱい。うふっ、君の好きにしていいのよ」

美雪が露になったHカップを両手で持ち上げながら、見せつけてくる。

たゆん、と音をさせる爆乳に、ただただ圧倒される。

「ふわあ、美雪先生のおっぱい、フルフルしてるよお」

どこまでも柔らかく、すべてを包み込む壮麗なバストは、吸ってくださいと物欲しげに揺れている。

ゴクリと生唾を呑む音が聞こえそうなほど、魅入られていた。

「翔ちゃんの浮気者。先生のおっぱいが大好きって、言ってくれたじゃないか」

いざしゃぶりつこうとした瞬間、由梨音が脇から双丘を押しつけてくる。

真珠色の貴婦人の肌とは違う、健康的な色艶に理性は崩壊寸前だった。

「由梨音先生のおっぱいも綺麗な色で、美味しそう」

ふわりといい香りを纏ったおっぱいは、見るからに食欲をそそる。

「二人ともはしたないわ、私だって、翔太さんにおっぱいチュッチュしてもらいたいのに」

美乳の競演を黙って見ていた詩乃もまた、負けじと参加する。

プチプチとビスチェの全面を留めるボタンを外し、恥じらいながら、おっぱいを露にする。

「んんっ、どう、翔太さんだけのおっぱいよ、さ、好きだけチュウチュウして」

清楚という言葉を形にした、純白のおっぱいは眩しすぎる。

自分だけが自由にできる、処女の美乳に、牡の征服欲は刺激されっぱなしだ。

「はあはあ、みんなとっても綺麗で、いやらしくて……」

目の前に差し出された六つの乳房は、至高の芸術品の如く、燦然《さんぜん》と輝いている。

「ああっ、僕、先生たちのおっぱいが大好きだよっ」

あまりの美しさに我を忘れるほどの衝動がこみ上げ、夢中でおっぱいの海へ飛び込んでゆく。

「ああん、翔太君たら、ほんとにおっぱいが大好きなんだから」

「ふふ、おっぱい好きなのはいいことだよ、男の子はそうじゃなくちゃ、はあんっ」

「キャン、翔太さんっ、いきなり強く吸っちゃダメぇ」

牡の本能を極限まで挑発する美乳軍団を前にして、自制など効くはずもない。

ここは男らしく欲望のまま、蹂躪しなければならない。

もっとも男らしさと裏腹に、格好は少女のようなメイド姿なのだが。

「おっぱい、はあ、大きくてプルプルしてて、すごくエッチだよお、ちゅうう」

「んんっ、歯を立てちゃダメえ、アアン」

ふだんは優雅な微笑を湛《たた》えた美雪も、敏感な甘乳首を強めに吸われ、つい生娘《きむすめ》のような反応をする。

目をきつくつぶり、指を噛んで悦楽に耐える仕草は、健気ですらあった。

「由梨音先生はムチムチしてぽよよん、て弾むよ、なんだか癖になっちゃいそう」

「アン、こら、そんな赤ちゃんみたいに弄《いじ》っちゃダメだよ、んんんっ」

弾力性のある由梨音のおっぱいは、いくら強く揉んでもあっという間に元に戻る。

ゴム鞠のような触り心地は、少年を虜にさせる。

「お姉ちゃんのおっぱいは、白くてムニュムニュしてる、僕、このおっぱい大好き」

「あん、お姉ちゃんも翔太さんにチュッチュされるの大好きよ、きゃあんっ」

もっとも若い詩乃のおっぱいは、しっとりと肌に吸いつくシルクのような感触だ。

純潔を象徴する綺麗な薄ピンクの乳首は、自分だけのものなのだ。

「ああ、お姉ちゃん、先生、こんないい匂いのするおっぱいに囲まれて、僕、幸せ」

魅力的すぎるおっぱいの海に抱かれ、何者にも脅かされることのない安らぎが、少年の胸を満たす。

「うふ、翔太君たら、赤ちゃんみたいな顔になってるわね」

「それでいいのよ、翔太さん。私たちの前ではずっと赤ちゃんでいましょうね」

小川のせせらぎにも似た囁きに、我を忘れて吸いついている。

甘い香りのする乳首を舌で転がしたり、軽く歯を立てた途端、艶めいた嬌声があがる。

「くす、でもこっちはもう、赤ちゃんじゃないねえ。こんな真っ赤にビクンビクンしてる」

母性を刺激する愛撫に陶然とするが、由梨音だけは雄々しい男根に目を輝かせる。

ミニスカの中からそそり立つこわばりは、すでに先走りを滴らせ、極限まで充血している。

「こんなにいっぱいおつゆが漏れちゃって、先生が今楽にしてあげるね、ちゅうう」

「ぐううっ、由梨音先生っ」

もう何度貫かれたかわからない逸物へ、感謝を捧げるべくキスを重ねる。

ギンギンにフル勃起した怒張は、口づけだけでも火傷《やけど》しそうなぐらい熱い。

「アン、由梨音ちゃんたら、ズルい」

「もう、抜け駆けするなんて、はしたないわね」

詩乃たちの非難を受けても、美味しそうにしゃぶり立てる由梨音にとっては、どこ吹く風だった。

「んふふ、早い者勝ちさ。ああん、逞しいおち×ちん素敵……」

尖らせた舌先で、感じるカリ首を執拗に舐めたてる。

吐精を焦らす絶妙なフェラテクニックは、由梨音の深い愛情のなせる技だった。

「独り占めなんてさせないんだから、私だって、んちゅうう」

「あううっ、詩乃お姉ちゃんまで、そんな」

だが愛情の深さなら、詩乃も負けてはいない。

ほどよく湿ったお口でブチュリと熱烈な接吻を捧げる。

「ああ、ほんとに熱い。太くて硬いおち×ちん。お口が火傷しちゃいそう」

「詩乃ったら、こないだまで処女だったのにいつの間にそんな大胆になったんだい。でも翔ちゃんは渡さないよ」

自身の剛直を挟んで、類希《たぐいまれ》な美女たちがご奉仕を争っている。

ダブルフェラの壮絶な光景に、少年は嘆息するだけだった。

「お姉ちゃんも由梨音先生もエッチすぎるよお」

チロチロレロレロと、二枚の下がいやらしい音を立てて這い回る。

夢のような感覚に恍惚とすれば、美雪にすっと優しく抱きしめられる。

「美雪先生……」

「ふふ、由梨音と詩乃はおち×ちんで忙しいみたいね。さ、翔太君はこっちへ」

西洋人形みたいな白い肌に、鮮やかに引かれたルージュ、そして漆黒のロングヘアは、男心を捉えて離さない美しさだ。

「美雪先生、んちゅうう」

母性に満ちた笑顔に応え、唇を重ねる。

「んふ、翔太君たら、キスもとってもお上手ね、んんん」

舌を絡めながら、Hカップのたわわな膨らみを揉みしだく。

二人の美女に逸物をしゃぶらせ、黒髪の女神と退廃的なキスと愛撫を繰り返す。

あどけなさを残した少年は、桃源郷のような快楽に耽溺《たんでき》し、官能の嵐に包まれる。

「ああ、もうダメ、出ちゃう、おち×ちんがもう、出ちゃいそうだよぉ」

すでに腫れ上がった怒張も、限界に近づきつつあった。

か細い声で吐精の衝動を訴える少年に、先生たちの表情はこれ以上ないほど華やぐ。

「んむう、出ちゃうんだね、先生も早く翔ちゃんがドックンするところが見たいよ」

「こんなにビクンビクンして、おち×ちんもうつらいよね、さ、早くピュッピュしちゃいましょ」

「うぐうっ、そんなにきつく吸っちゃ、すぐに出ちゃううう」

耐える翔太を見るのが楽しいのか、ご奉仕のスピードがさらに上がる。

キュウキュウ音を立て、口唇愛撫は精を吐き出すまでやみそうにない。

「我慢なんてしなくていいのよ。君は何も考えず、ただおち×ちんをドピュドピュするだけでいいの」

美雪先生に頬や頭を撫でられ、おっぱいの海に沈められると、欲望のバルブは限界を突破する。

吐精をギリギリまで遅らせようとしても、三対一では抗《あらが》いようもない。

「ああっ、はああっ、もう出る、おち×ちんが耐えられないよ、出ちゃううう……」

厳粛なホテルのベッドルームに、少年の甲高い声が響き渡る。

真っ赤な先端が、破裂しそうなほどに膨らんだ瞬間、極大の歓びが爆発する。

「きゃああんっ、翔太さんのおち×ちんからミルクがいっぱいいい」

「アンンッ、すごいよ翔ちゃん、もっとミルクのシャワーをかけてぇ」

ドクンドクンと速射砲のように溢れる白濁液は、眼前で見守る詩乃たちへ容赦なく降り注ぐ。

「ぐうっ、ああ、まだ出ちゃう、お姉ちゃん、先生っ、僕を受けとめてぇ」

可憐なメイド服のまま、雄々しいこわばりから精を噴出する光景は、美女たちの胸に鮮烈に突き刺さる。

「いいのよ、もっと出してあげて、詩乃と由梨音を君のミルクで溺れさせてあげてぇ」

射精の快感に陶然とする翔太を見ながら、美雪も懸命におねだりをする。

首筋に生温かい息を吹きかけたり、耳朶を嚙んだりして、さらなる責めを求めてしまう。

「ふふ、すごかったよ、翔ちゃん」

「こんなにたくさんのミルク、お姉ちゃんいっぱい汚されちゃった」

永遠に続くかに見えた聖なる爆発も、先生たちを白濁液まみれにしたことで、さすがに出尽くしたようだ。

快楽の名残を貪るペニスは、いまだビクビクンと痙攣している。

「濃厚でたっぷりのミルク、ごちそうさま、ってアアン、詩乃？」

「由梨音ちゃんのお顔にもいっぱいかかってるね、もったいない」

全身に浴びた互いの精液を綺麗にしてあげるべく、詩乃が襲いかかる。

「ああ、こら、ペロペロしちゃイヤン、詩乃ったらいつ間にかエッチになっちゃって、んんん」

いつもと立場は逆だが、日ごろのお返しの意味もあるのだろう。

舐めたり、キスしたり、吸いついたりと、密なレズプレイで興奮をさらに高めてくれる
「うふふ、由梨音ちゃんたら、意外と感じやすいのね。エッチなお豆ちゃんもこんなに硬くなってる」

「きゃああんっ、そこはっ、摘まんじゃダメえっ」

二人とも、女同士で愛し合うことが、怒張に活力を与えることを理解している。

愛し合いつつも、横目で漲る逸物を見れば、くすりと微笑んでいる。

「はあはあ、お姉ちゃんたち、いやらしすぎるよ、たまらないよお」

雰囲気に呑まれ、眼前の淫らすぎる世界に、ただ唖然としていた。

クチュクチュと、白濁液や粘膜の擦れる音が、吐精したばかりの若牡に新たな力を

注ぎ込んでくれる。

「どうかしら、こんなふうにして私たちは愛し合ってきたのよ」

少年に寄り添っている美雪が、妖艶に口元を歪め、耳元で囁く。

「最初は他愛もないおしゃべりから始まって、理想の男の子と愛し合う予行演習をしたりね」

「予行演習って、これがそうなんだ」

深窓の令嬢たちが禁断のプレイに興じてきたことを、得々と語っている。

先生たちの奔放さに納得はするが、同時に疑念も生じる。

まさか以前にも、自分以外の男を入れたことが、あったのだろうか。

「ああ、でも安心して、この部屋に男の子を入れたのは、君が最初で最後なのよ」

疑いは見越していたのか、不敵な微笑みのまま、教えてくれる。

「初めて、僕がですか？」

ずっと愛し合う対象の子供を探していると言ったが、お眼鏡に適《かな》う存在は自分だけだったのかと思えば、多少優越感が湧く。

「だから詩乃も由梨音も初めてだったでしょ？　あ、でも由梨音の処女は私がこれで奪ったのよね」

得意げに微笑む美雪の手には、いつの間にか男根を象《かたど》ったディルドが握られていた。

「これって、まさか」

ピンク色の卑猥な物体は、形は似ていても少年の逸物とはまるで違う、異質な情念を感じる。

「うふふ、そのまさかよ。なんなら君の処女も、奪ってあげようかしら」

凄絶な流し目を送る先生の台詞は、一瞬、本気のように思えた。

慌ててお尻を守ろうとする少年に、皮肉っぽい笑みを浮かべると、躊躇なくディルドを床に投げ捨てる。

「くす、冗談よ。私たちが愛しているのは君だけなの。もうこんなもの必要ないわ」

一変して、慈愛のこもった顔つきになり、再び爆乳の中へ抱きしめる。

「ううっ、おっぱいが苦しい」

「好きよ、翔太君。先生たちとずっとこうしていましょうね」

こんな美しい家庭教師たちに囲まれ、愛の告白を受ければ少年はもう思い残すものはなかった。

「僕も大好き、先生やお姉ちゃんたちと、ずっといっしょにいたいです、うぐうっ」

思わず見蕩れていると、しなやかな指にキュッとこわばりを絞られる。

「あらあら、あんなにたくさん出したのにおち×ちんはもうギンギン。いけないメイドさんねえ」

流麗な手さばきで剛直をしごき立てるボンデージ美女に、獣欲が燃え上がる。

一刻も早くメイドの衣を脱ぎ捨て、牡としてこの美しい牝たちを征服したかった。

「先生、僕、もう……」

極限まで膨れ上がった怒張で、憧れの先生を貫くことしか考えられない。

切なげな瞳で訴える少年に、コクリと頷き、いまだレズプレイに興じる由梨音たちに呼びかける。

「わかったわ。ねえ詩乃、由梨音、翔太君もそろそろ我慢できないみたい」

その言葉を待っていたのか、由梨音たちも微笑を浮かべ身を起こし、少年の前へ並ぶ。

「お姉ちゃん、先生、どうするの？」

ベッドの上に身を横たえ、先生たちは惜しげもなく豊満な肢体を晒す。

一人だけでも麗しすぎるのに、三人揃ったさまは、壮観というべきだった。

「ふふ、見ていてね、翔太君」

サイドのスナップを外し、ぴっちりと吸いつくようなレザーのショーツを下ろす。

「くす、これからが本番だよ、翔ちゃん」

由梨音のエナメルラバーのショーツは、縦スジに沿ったジッパーを下ろすと、大切な部分が丸見えになってしまう。

「ちょっと恥ずかしいけど、お姉ちゃんのすべてを翔太さんに見せてあげるね」

初めは逡巡していた詩乃も、覚悟を決めたのか、レースでデコレートされたショーツを脱いでいく。

呆気にとられる翔太を尻目に、嫣然と微笑みつつ、お股を開いてゆく。

「ああ、すごいよお」

眼前には、見るも艶やかな、絶景が広がっていた。

それぞれがM字開脚と呼ばれるポーズをとって、爛漫たる花園をご開帳している。

「どうかしら、私たちのすべて。全部、君が好きにしていいのよ」

熟しきった美雪の秘唇は、ヒクヒクと妖しく蠢き、若牡を誘う。

すでに恥蜜の滴る粘膜は、えもいわれぬ香気を醸《かも》していた。

「んん、早くズンスンして、翔ちゃん。先生、キミの逞しいおち×ちんが欲しいの」

引き締まった由梨音のおま×こは、健康的なピンクで食欲を刺激する。

きっと中に入れれば、極上のツブツブが至高の快楽を与えてくれるだろう。

「あん、ダメよ、由梨音ちゃん。私がいちばん先なんだから」

薄いヘアに覆われた詩乃お姉ちゃんの割れ目は、見た目の幼さと同様に、キッキッでおち×ちんがちぎれそうなほどに、締めつけてくる。

三者ともまれに見る名器で、少年の心を鷲摑みにする。

「そんないやらしくフリフリされたら、僕……」

秘密の寝室に牝の匂いが充満すれば、もはや媚肉のうねりを掻き回すことしか、考えられない。

白濁まみれのこわばりがさらに太さを増し、美女たちの頰も朱に染まる。

「もうおち×ちんが我慢できないよお、あああっ」

少年はメイド服を脱ぎ捨て、すばやく全裸となっていた。

雄叫びをあげ、すべての欲望を解放し、野獣へと変貌する。

「キャッ、いらっしゃい、翔太さん」

「ダメだよ翔ちゃん、まずは私におち×ちんをちょうだい」

「何を言ってるのあなたたち、翔太君の正妻は私なんだから」

腕を広げ、愛する人を我先に迎え入れる。

まずは味比べとばかりに、童貞を捧げた由梨音のおま×こから賞味する。

「はあはあ、いくよ、由梨音先生」

くびれたウエストをがっしり摑み、ファスナーの開いた隙間へ、膨らみきった陰茎を押し当てる。

「あん、翔ちゃんのエッチ、そんなおち×ちんをグリグリしないで」

すでにぐっしょりお漏らしするおま×こは、熱く硬い怒張に慄く。

獣欲が一刻の猶予もないほど高まれば、ズブズブと唸りをあげて媚肉を貫く。

「はああああんっ、いきなりなんて、んんっ、すごくおっきいい」

ほどよく陽に灼けた、健康的な肢体が白いシーツの上で跳ねていた。

巨乳だがスレンダーな肉体と同じく、ムチのように肉棒を締め上げてくる。

「いいよっ、由梨音先生のおま×こ、ぼくのおち×ちんぴったり吸いついてくるよお」

「翔ちゃんのおち×ちんも素敵だよ。こんなに逞しく先生の膣内を拡げるなんて」

童貞だったころの拙《つたな》さなど、微塵も見せない雄々しさに、二十六歳の美女の胸は歓びで打ち震える。

感動がさらなる悦楽を生むのか、牝襞が痙攣しキュッと締まる。

「うう、そんなにおち×ちんギュッてされたらっ、もうダメ、動くよ、先生っ」

摑んだ腰をさらに強く固定して、本格的な腰の動きを開始する。

「ええっ、アアンッ、ダメえ、いきなり激しくしないでえ」

唐突な加速に驚愕するも、次の瞬間には蕩ける牝声へ変わる。

「アンッ、アアンッ、翔ちゃんすごいの、こんなに立派になって、先生嬉しい」

初体験を捧げ、傷心を癒やしてくれた由梨音先生も、少年を導いてあげた歓びに浸っている。

小悪魔な仕草は若牡に制圧されることで、完全に消失していた。

「由梨音先生のおま×こも、ツブツブがウニョウニョして気持ちいいよ、これじゃあ、すぐに出ちゃう」

このあと二人も控えている以上、無駄撃ちは避けたかったが、吐精を堪《こら》えるには性感が高まりすぎていた。

まとわりつく肉襞に猛然とスパートをかける。

「ああんっ、翔ちゃん激しすぎぃ、そんなにされたら、先生もすぐにイッちゃうぅ」

ガクンガクンと腰を打ちつけ、ひたすらに頂点を目指して駆け上がる。

もはや少年の頭は、美女へ種付けすることしか考えられなかった。

「先生っ、由梨音先生っ、もうダメ、出ちゃう、おち×ちんが出ちゃうう」

「はああんっ、いいの、私もイッちゃうから、いっぱい出して、先生の中に君の赤ちゃんミルク、いっぱいちょうだいい」

眼前で物欲しげに揺れるGカップ爆乳をむぎゅっと掴んだ瞬間、怒張の先端が決壊する。

「ああああっ、出るっ、由梨音先生っ」

ズビュズビュと砲身から放たれる精の洪水が、美女の子宮を満たす。

「アンッ、出てるの、赤ちゃんミルクがいっぱいい、イクッ、イッちゃうう、ミルクで種付けされて、イッちゃうううう……」

しなやかな肢体を震わせながら、由梨音は歓喜の渦に包まれる。

「はああ、翔ちゃん、好きぃ、愛してるよ……」

ひたすらに愛する少年の名を呼び、絶頂の快楽に身を委ねきっていた。

半開きになった口からは、一途《いちず》に翔太を想う言葉しか出てこない。

「僕も由梨音先生が好きだよ。すごく気持ちよかった」

はしたない牝顔を晒す由梨音を優しくいたわりつつ、怒張を引き抜く。

愛蜜にまみれた肉茎がテラテラとぬめり、妖しく煌めいていた。

「あん、お願い、翔太さん、次はお姉ちゃんに入れて……」

由梨音の隣で、クチュクチュと淫ら花を弄る詩乃お姉ちゃんが、切なくおねだりしてくる。

「詩乃お姉ちゃん、うん、じゃあ行くよ」

乙女のように恥じらうお姉ちゃんに、欲望が煮えたぎる。

犯してほしげに蜜を垂らすおま×こへ向け、一心に腰を繰り出す。

「優しくして、お姉ちゃん、まだ翔太さんのおっきいおち×ちんに慣れないの……アアンッ」

清楚だがよく育ったFカップのおっぱいを観賞しながら、割れ目に突き当てた欲棒で、メリメリと肉壺を引き裂く。

「お姉ちゃんのおま×こすごいよ、キツキツでギュウギュウで、ぐうう」

処女を奪って日の浅い詩乃のおま×こは、少年の太幹にはまだ馴染んでいない。

柔襞を拡げ、自身の逸物にジャストフィットさせたかった。

「そんなふうに言わないで、お姉ちゃんがはしたなくなっちゃったのは、翔太さんのせいなのよ、はああん」

美しい眉を歪め、懸命に突き込みに耐える姿は、背筋がゾクリとするほど色っぽい。

「いくよっ、お姉ちゃんのおま×こ、完全に僕のものにしちゃうよ」

美女の可憐で健気な仕草ほど、牡の嗜虐心を高めるものはない。

いっそう、グリグリ腰を回転させ、さらに奥へ抽送する。

「きゃあああんっ、それ以上はダメぇっ、お姉ちゃんもう戻れなくなっちゃう、翔太さんだけのものになっちゃうぅぅぅ」

愛しいお姉ちゃんの哀願でも、聞くわけにはいかない。

若い肉棹は、蜜壺のあまりの締まりに早くも果てそうになる。

「ああ、お姉ちゃんのおま×こきつすぎだよ、こんなのおち×ちんがもたないよお」

まるで萎えない肉勃起は、ギチギチに絞る牝襞を、容赦なく突き進む。

自分だけのものにした子宮の中へ、しとどに精を放ちたかった。

「はうん、いいのよ、お姉ちゃんにも由梨音ちゃんみたいにいっぱい出して。翔太さんにママにしてもらいたいの」

吐精の誘惑に負けそうな顔が、一瞬にして明るくなる。

二十五歳の美女を種付けして孕《はら》ませるなど、十三歳の少年には想像だにしなかった快感だ。

「ああっ、お姉ちゃんっ」

歓びを爆発させ、官能でしこり立つFカップのおっぱいを、ちょっと乱暴に吸い立てる。

「きゃあああん、そんなに強く吸ったら、お姉ちゃんどうにかなっちゃうう」

可憐なソプラノの嬌声が響くたび、こわばりは太さを増し、ピストンの速度も増す。

頭の芯までいやらしいピンク色に染まり、絶頂はすぐそこだ。

「んううっ、おち×ちんがもう限界だよっ、おま×こにピュッピュしちゃうっ」

チロチロと乳首をいじめながら、激しい腰遣いで、最後の追い込みをかける。

太股をぐいと拡げ、より深く挿入すべく、女壺を責め上げる。

「んんっ、嬉しい、お姉ちゃんにもドピュドピュしてね、由梨音ちゃんよりもいっぱいい」

美女の啜り泣く声とベッドの軋む音が重なり、猛烈にいやらしい調べが奏でられ、官能の爆発は目前だった。

「あぐうっ、出るっ、おま×こにいっぱい出ちゃうよ、お姉ちゃん好きっ、大好きぃっ、あああっ」

咆吼《ほうこう》と共に突き出した怒張が子宮すら貫いた瞬間、激しい精の奔流が起こる。

鈴口から大量の白濁液が、三度目とは思えぬほどの勢いで吐き出される。

「アアンッ、出てるっ、おち×ちんからたくさん出てるう。翔太さん、好きよ、お姉ちゃんも大好きよぉ……」

愛する少年を呼びながら、うら若い女体はアクメの深淵へ沈んでゆく。

これまで以上に濃厚な種汁を子宮に浴び、清らかな身は充足感に満ちていた。

「お姉ちゃん、すごくよかったよ。おっぱいもおま×こも、最高だよ」

「翔太さん……」

絶頂後もきつく締めつける牝芯の感触は、名器と評しても差し支えない。

抜かないで、と絡みつく柔襞から肉茎を引き抜けば、名残惜しげに白濁液が糸を引く。

「ああ、お姉ちゃんも嬉しい。翔太さんにいっぱいドクンドクンしてもらえて……」

淫らな詩乃お姉ちゃんはそのまま、気絶するようにベッドの中へ沈み込んでしまう。

意識を失った無防備な横顔も、美しいままだった。

「すごいわ、翔太君。由梨音も詩乃もこんなに、やっぱり私が見込んだとおりの男の子ね」

上ずった声の美雪は、ぐったりとする二人を見て、感慨深げに嘆息する。

紅潮した頬は、期待するのと同時に、少年の疲れも気にしていた。

「美雪先生」

穏やかな顔で応える翔太の股間を見れば、その気遣いは無用であると知らされる。

これまでは準備運動とばかりに、隆々とそびえる陰茎は、最前よりも雄々しく屹立していた。

「あん、信じられない。あんなにいっぱいドックンしたのに、おち×ちんはまだギンギン、キャッ」

底知れぬ精力に呆然とする女教師を押し倒し、漆黒のロングヘアの香りを堪能する。

「大丈夫だよ、ちゃんと先生にもいっぱいおち×ちんをズンズンしてあげるね」

「もう、翔太君たら、強引ね。でもそんなところも好きよ」

和やかな表情で、美女へ覆い被さるさまは、とても十三歳の少年には見えない。

魅惑の黒レザーに包まれた白い肢体にのしかかり、熟れきった秘粘膜に牡のシンボルを宛がう。

「んんっ、優しくしてね、私だってそんなに男を知らないのよ」

すねた瞳の美雪先生は、まるで少女のように愛らしい。

満開の花園は腰を動かさなくとも、逸物をズップリ呑み込もうとしている。

「美雪先生、そんなかわいい顔されたら、たまらないよお、ああっ」

あられもなく乱れる由梨音たちに当てられたのか、しおらしい姿に獣欲が燃え上がる。

「翔太くん……アアアンッ、太くて逞しいのがいっぱいぃぃぃ」

欲望のまま、猛り狂う剛直が、貴婦人の聖域を蹂躙する。

だが牡の侵略を受けても、悦楽に染まった牝顔で歓喜の声をあげていた。

「はああ、何これ、美雪先生のおま×こ、グニュグニュっておち×ちんに吸いついて、たまらないよぉ」

「翔太君こそ逞しすぎよ、こんなに大きくなるなんて信じられないわ、はああんっ」

昨日、味わったばかりの若さに漲る陰茎は、さらに太さと硬さを増していた。

成長期の少年のおち×ちんは、予想を越える速度で逞しくなっている。

「先生っ、少し強くするけど我慢してね、くううっ」

複雑に絡みつく襞のうねりに長く保《も》たないと判断したのか、腰を掴むと折れよとばかりに逸物をねじ込んでくる。

「ええっ、アン、はああんっ、まだおっきくなるなんて、こんなの、こんなの初めてえ……」

ガンガンと突き込むピストンに、さらに驚愕の声をあげる。

密壺を攪拌し雄々しく突き進む怒張に、二十八歳の美人家庭教師は、風に舞う木の葉のように翻弄される。

「はあはあ、こんな気持ちのいいおま×こ、我慢できないよっ」

「んんっ、お願い、出して、先生にもいっぱい君のミルクをちょうだいぃ」

かわいさと逞しさを備えた少年に、自分が完堕ちしたことを、今こそ思い知る。

黒のガーターストッキングを着用した長い脚を絡ませ、懸命に精を求めてくる。

「出すよ、先生っ、おち×ちんピュッピュするよっ」

「アンッ、いいのよ、出して、私を君のおち×ちんの虜にしてぇ、翔太くぅん」

小刻みな腰の動きがあられもない嬌声とシンクロした瞬間、ズンッ唸りをあげて淑女の最奥を貫く。

「ああっ、おち×ちんドクンドクンって止まらないっ、あああっ、先生っ」

「んんんっ、出てる、おち×ちんがドピュドピュしてるのっ、はあああんっ、もうダメぇえ……」

衰えを知らぬ精の噴出が、荒れ狂う波の如く女壺の中を犯し尽くす。

絶叫が響く密やかなベッドルームは、甘美な薔薇色へと塗り替えられていく。

すべての精を吐き尽くした少年は、気怠《けだる》いまどろみ中へ引き込まれていった。

激しすぎる４Ｐのあと、ベッドの上では美女たちが、少年を囲んで悦楽の余韻に浸っていた。

「素敵よ、翔太君。素敵すぎて先生、本気で君を好きになっちゃいそう」

豊満なＨカップに少年の頭を抱き寄せた美雪が、よくできましたと頬を撫でている。

煩悩をすべて解放しきった表情は、穏やかですらあった。

「とってもよかったよ、翔ちゃん。まさか三人を相手にしてこんなにタフだなんて、ビックリしちゃった」

指で少年のかわいい乳首を弄りながら、由梨音は熱のこもった瞳で見つめている。

「翔太さん、どこか疲れているところはありますか。ふふ、お姉ちゃんがマッサージしてあげますね」

少年に密着する詩乃は、もう離しませんとばかりに、おっぱいを押しつけてくる。

三人とも、心の底から愛し合えたことを歓び、奉仕することに何の疑いも抱いていない。

「ありがとう、お姉ちゃん、先生。僕、幸せ……」

さすがに四度の吐精は、かなり身体に応えたのかもしれない。

柔らかで暖かな感触に包まれ、急速にまどろんでしまう。

「あらら、もう寝ちゃった。疲れたらすぐにお眠なのは、まだ子供だねえ」

「仕方ないわ、翔太さん、とっても頑張ったんですもの」

「そうね、今はゆっくり寝かせてあげましょ。おやすみなさい、翔太君」

愛らしい寝顔を見つめながら、先生たちも無上の幸福感に酔いしれている。

何の憂いもない、安らぎだけが支配する世界に身も心も委ね、三人の美女と少年は、いつまでも抱き合っていた。

エピローグ

　爽やかな陽光の下、軽やかな子供の足取りは、街中の人を和ませる。

「今日は遅くなっちゃったな。先生たち、待ってるだろうな」

　制服姿で、美雪たちの待つマンションへ向かう翔太は、かつての不安に怯えていたころの面影はない。

　数週間前に行われた全国テストの結果も上々で、自信に溢れた表情だ。

「この間は、プールを借りきっていっぱい遊んだし、今度は何をしてくれるんだろう」

　思い返せばこの数カ月、熱心な指導により、優しく導いてくれた先生たちの顔が浮かぶ。

　今や両親からも絶大な信頼を寄せられ、こうして美雪のマンションへ泊まり込みのレッスンを受けることも、許されていた。

「いっぱい遊んだら、また先生たちのベッドルームに呼んでもらえるんだ……」

めくるめく官能の世界が脳裏をよぎると、少年のあどけない顔に淫靡な影が差す。

胸の奥から熱いものがこみ上げ、勇んでマンションの上階へ足を踏み入れる。

「はあ、先生……」

壮麗な扉の前でひと息吐いて、おもむろにチャイムを鳴らす。

「この間、僕がリクエストした格好で出迎えてくれるって、言ってたけど」

感慨深げに呟けば、やがてドアが重厚な音を立てつつ、開いてゆく。

扉の向こうには、息を呑むような極彩色の楽園が広がっていた。

「ふふ、いらっしゃい、翔太君。待っていたのよ」

目の覚めるような漆黒のランジェリースタイルの美女が、嫣然《えんぜん》と微笑んでいる。

「こんにちは、先生。今日もお願いします」

ぺこりと頭を下げる礼儀正しい少年に、可憐なレースのランジェリーも嬉しげだ。

「よくできました。さ、入って。みんな、君が来るのを心待ちにしていたのよ」

満足げに微笑むと、美雪が手を引いて招き入れる。

まだ昼下がりというのに、カーテンで締切られた室内は薄暗かった。

スタンドライトの淡い光だけが、か細い灯りで蠱惑《こわく》的な雰囲気を漂わせている。

「翔ちゃんっ」

「わっ、由梨音先生？」

暗がりから不意に抱きつかれ、驚きの声をあげる。

美雪と同じく、セクシーランジェリー姿の由梨音が出迎えしてくれた。

フリルの付いたかわいいピンクのランジェリーは、よく似合っている。

「今日は遅かったじゃないか。女を待たせるなんて、罪な男だね」

グリグリほっぺを押しつけ、会えない侘しさをボディタッチで埋めようとしてくる。

おみ足を包む赤いガーターストッキングが、悪戯な由梨音の心象を表していた。

「すみません、ああ、そんなにギュウギュウしないで」

ほっぺだけではなく、豊満すぎるバストも加えた責め立てに、すぐに陥落しそうだ。

「由梨音ちゃん、そこまでにしましょうね」

「詩乃お姉ちゃん」

いつの間にかすぐ側に、白ランジェリーの詩乃が優雅な仕草で佇《たたず》んでいた。

少年をもてなす用意をしていたのか、グラスが載った銀のトレイを持っている。

「よく来てくれたわ、翔太さん。さ、まずはジュースを召し上がれ」

お姉ちゃんには男をもてなす接待スキルでもあるのか、高級クラブよろしく勧められる。

ソファに腰掛け、大好きなジュースに舌鼓《したつづみ》を打つ。

「詩乃ったら、相変わらず翔ちゃんを懐柔するのが上手《うま》いねえ」

素直にジュースを飲んでいる少年にムッとしながら、皮肉を垂れる。

「まあ、由梨音ちゃんこそ、いつも翔太さんにベタベタしちゃって。うらやま……じゃなくって、ふしだらですよ」

可憐なレースに縁取られたランジェリーは、乳首や大切な部分がきわどく透けており、どちらが破廉恥かわからない。

少年も心得ているのか、大胆すぎる美女たちの痴態を見ても、おとなしいままだ。

「あなたたちったら、まだ争っているのかしら。翔太君が困っているじゃない」

無論、本気で争っているわけではないことはよくわかっている。

もう何度見たかわからない光景のせいか、鞘《さや》当てする先生たちを見ても、慣れっこになってしまった。

(なんだか夢みたい、こんな綺麗な先生たちと、僕が愛し合ったなんて)

しかしさすがに恥ずかしすぎる格好は、少年の胸を熱く掻き立てる。

夢のようなランジェリー美女たちにご奉仕されるなど、現実だとは思えない。

(まさか本当にこんな格好してくれるなんて、思わなかったよ)

魅惑のスタイルが見たいとは言ったが、恥じらいもせずに応じてくれた。

「どうしたのかしら、翔太君。私たちを見てニヤニヤしちゃって」

胸の奥を見透かすように、美雪先生がキシリと音を立て、側に腰掛けてくる。

「何でもありません。その、先生たちがあんまり綺麗だから、緊張しちゃって」

初心《うぶ》な反応に三人の美人家庭教師も、胸の奥で母性が疼かせていた。

変わらない態度はいつまでも新鮮に映るのか、派手なスタイルに似合わず、頬を赤らめている。

「まあ、嬉しいわあ」

お世辞とはわかっていても、それが愛する人からなら、嬉しくないはずはない。

だが次の瞬間、三人の目つきは妖しい光を帯びる。

「それでね、翔太君?」

「はいっ、何でしょう?」

君が淫らなことを考えているのはお見通しよ、といった顔をされ、つい言葉に力が入る。

「うふふ、今日はどの服がいいかしら、君に選んで欲しいのよ」

由梨音と詩乃の手には、煌びやかなお洋服の掛けられたハンガーが握られていた。

「セーラー服にバニースーツ、あとはスク水なんかもあるよ、どれがいいかな、翔ちゃん」

「やっぱり翔太さんにはセーラー服がお似合いよね。あ、でもこのゴスロリのドレスなんかどうかしら」

「あの、それは、うう……」

つい色っぽい肢体に我を忘れていたが、先生たちの着せ替え人形としての契約を結んでいたのだ。

愛し合う際に先生たちが望んだ姿のコスプレをする、というのがこのお部屋に入る条件だった。

「遠慮しなくてもいいのよ。さ、好きなお洋服にしてね」

詩乃と由梨音も早く選んでね、と期待するような表情で少年を窺っている。

女装など本来は望んでいなかったが、もはや受け入れる覚悟は決めていた。

「あの、じゃあ、セーラー服で……」

おそるおそる指差す少年に、先生たちの表情も綻《ほころ》ぶ。

「決まりね。ふふ、さ、ベッドルームへ行きましょ」

秘密の寝室で、着せ替え人形よろしく若い身体を弄《もてあそ》ぶことを何より歓んでいる。

もちろん少年もまた、先生たちに玩具にされることに、少なからぬ歓びを感じてはいるが。

「おや、どうしたんだい、翔ちゃん」

小悪魔で茶目っ気《け》に溢れた由梨音先生は、不思議そうに覗き込んでくる。

「何か悩み事があるのかしら、お姉ちゃんが聞いてあげるわよ」

憧れだった詩乃お姉ちゃんも、今は自分に夢中である。

「まだ恥ずかしいのかしら、くす、そういうところも好きよ」

大人の魅力溢れた美雪先生は、心の奥まで見透かすように微笑んでいる。

少しおかしな四人の関係だけど、もう少年の胸に悔いはなかった。

ふしだらなように見えて、彼女たちには熱意と愛情がこもっていることを確信していた。

「いえ、何でもないです。これからもずっと先生たちといっしょにいられることが嬉しくて」

顔を上げ、一点の曇りのない瞳で宣言すれば、部屋中が薔薇色に包まれる。

「私もだよ。ずっと翔ちゃんといっしょだよ」

「お姉ちゃんも幸せよ、さ、こっちへ」

「翔太君、今日もいっぱい愛し合いましょうね、うふふ」

妖艶に微笑む美女たちが扉を開くと、眩い光と共に、絢爛《けんらん》たる化粧《メイク》の香りが鼻腔いっぱいに広がる。

これから始まる淫靡な行為に期待を馳せつつ、少年は一歩を踏み出すのだった。

◉新人作品**大募集**◉

マドンナメイト編集部では、意欲あふれる新人作品を常時募集しております。採用された作品は、本人通知のうえ当文庫より出版されることになります。

【応募要項】 未発表作品に限る。四〇〇字詰原稿用紙換算で三〇〇枚以上四〇〇枚以内。必ず梗概をお書き添えのうえ、名前・住所・電話番号を明記してお送り下さい。なお、採否にかかわらず原稿は返却いたしません。また、電話でのお問い合せはご遠慮下さい。

【送付先】 〒一〇一-八四〇五 東京都千代田区神田三崎町二-一八-一一 マドンナ社編集部 新人作品募集係

隣のお姉さんはエッチな家庭教師《となりのおねえさんはえっちなかていきょうし》

二〇二一年 二月 十日 初版発行

著者◉新井芳野【あらい・よしの】

発行◉マドンナ社
発売◉二見書房
東京都千代田区神田三崎町二-一八-一一
電話 〇三-三五一五-二三一一(代表)
郵便振替 〇〇一七〇-四-二六三九

印刷◉株式会社堀内印刷所 製本◉株式会社村上製本所 落丁・乱丁本はお取替えいたします。定価は、カバーに表示してあります。

ISBN978-4-576-21002-5 ◉Printed in Japan ◉©Y.Arai 2021

Madonna Mate